# 一天

田耳 著

北京出版集团公司
北京十月文艺出版社

目录

# 一 天

## 1

比头茬闹钟更早的电话，一般都让人心惊肉跳。只响两声，我将手机接通，屏上蓝幽幽的来电显示，是我妻于碧珠。我起床往外走，不忘扭头看看床头，女儿小萤在睡，嘴角挂笑，显然做着好梦。她已三岁，开始做梦，好梦噩梦都有相应的表情。妻在县医院当护士，昨晚的夜班。这个时候，通常不会打电话来，怕惊醒女儿。她上班前哄小萤入睡，待次日小萤睁开眼，又能看见她。

像大多数佴城人家一样，私建小楼房，我住二楼，楼下住了老父母。楼下座机也在响，两边电话同时地响，这时，我隐隐感觉到某种关联。

“你堂哥家的女儿又出事了。”妻开宗明义。

“哪个堂哥？”

“还能有哪个堂哥？”

“跟我共一个爷爷的堂哥，有五个。”我提醒，于碧珠未必个个认全。我又说，“我晓得你是讲哪个？”

“还能有哪个？”

“三凿（凿读‘着’的音）？”

其实妻讲了头一句话，我便自动想到三凿。曾经，堂哥三凿有两个女儿，一个儿子。两个女儿是双胞胎，名字还是进城跟我父亲讨来。我父傅桐川，曾是莵头村头一个大学生，毕业分到县城工作，有文化。父亲给这一对侄孙女取名傅单妮、傅双婕。婕字难写，后改为洁。后来，三凿家里只有一儿一女。

我呼吸顿时有些浊重，清早时分，空气很潮。远处看去，六点半的光景，山的轮廓已然明朗，鸡也鸣狗也叫，河对岸的马路有了不少车辆。楼下的电话有人接，不出意外，是我父亲。母亲有眩晕症，不是随时能起身。

五点多，天还浓黑，下面救护车声音又紧了一阵，ICU 收来县高级中学送的重病号，说是一女生从五楼跌下。是否跳楼，尚无定论。这样的事件，隐藏有故事，自是得到最快的传播。我妻在内一科，听人讲起。当时她正往多份病历上填写测查数据，错一项都可能是医疗事故，不敢分心。忙完那一阵，她才问起那女生的情况。一个同事说，女学生名叫傅单妮。妻有印象，赶紧再去打听。ICU 大门紧闭，家属还没赶来，学校只有管女舍的阿姨和几个帮着抬人的老师，个个一脸错愕，尚未回过神，问什么全不肯说。稍后 ICU 门敞开，那女学生被推车推着跑，好几个医生护士护住，不让人靠近。后面就转了院，转到市人民医院，那里有更好的医疗设施以及水平。“女孩盆骨都骨折了，我们不敢乱动。”ICU 的凌医生跟那些老师解释，“她还小，我们技术不过硬，要是没接上来搞成残废，那真叫抱憾终生。地市医院水平比我们高，希望更大。”

摆了基本情况，妻便依照经验，又讲起她的看法。“……显然，凌医生讲话是有策略。他怕惹麻烦，只肯讲骨折。他找一堆理由，把事情推给市人民医院。真实的情况，肯定要比这严重。”

“有没有生命危险？”无疑，此刻，这是我最关心的问题。与此同时，脑里浮现着八年前的画面，犹在眼前。

“这不好说。”妻迟疑了又说，“换是以前，院长还是王景旷，没人会把这种病人往外推。王景旷维护下属，出了事他一人出去顶。那时遇到垂死的病号，医生敢接，毕竟抢救费用高，救不活也有几万。王大胆去年底出事，现在邹院长不敢担责，放话说谁的病人出事故，谁自己认赔。这一来谁还敢给自己找麻烦？稍微有风险的病人，都打发去市医院。”

“你是说，要是王大胆还当院长，医生拒收单妮，情况反而凶险；换了院长，同样拒收，单妮可能还有得救？”

“只是猜测，凌医生不肯讲真实情况。这种事谁会跟人讲？”妻不由感叹，“现在当医生，随时可能惹祸上身。”

“家属来没来？”

“三凿两口子赶到时，救护车正要出发往市医院去。他俩也上了救护车，堂嫂上车就哭，被拉下来，止了哭再爬上去。”

“你再去打听，随时跟我讲。”

“你和爸肯定要过去，帮着处理情况。”妻想得周全，“我跟他们打个招呼，马上赶回家，你只管去。”

我从侧梯下楼，站到一楼门口抽烟，刚扔掉烟蒂，门打开，他走出来。我父七十五，头发依然油黑，平时梳得丝丝不乱。现在，那一头零乱的发，像临时添加了几笔岁月的风貌。他脸纹深密，有如木刻版画。

“碧珠跟你讲了？”父亲问我。

我说：“三叔打来的电话？”

“他叫了癞叔开车，正往城里赶。”

“半小时能到。”

“我去换一换衣服，你等下陪我去市医院。”

“不用讲。”

母亲不知几时已起床，站在门口，一手扶门，听着我俩讲话。父亲嗓门大，刚才电话里讲了一通，同时母亲一定在床上挣扎，好将自己尽快弄醒。母亲每一次早醒，都有如休克后的苏醒，需要十来分钟。在半梦半醒中，她大概了解情况，还是问了一句，“单妮到底怎么样？”

“不清楚，要往市医院去看。”父亲又说，“要有思想准备。”

“了了。”母亲随时一张苦脸，所以她难过的时候，表情反而没有太多变化。稍后她冲我说：“我上去看着小萤。”

“你只管看着，她醒也不要抱她，让她躺床上。碧珠很快到家。”母亲有一次正抱着孙女，忽发晕厥，倒地时小萤也狠狠摔在一旁，从此有点害怕奶奶。

“我知道！”

## 2

“当年我就眼皮跳，晓得这种事情还没完。”

我父嘴中的癞叔，我要叫爷爷。癞爷一边开车，一边用拳砸喇叭。他的长安羚羊，车虽破，嗓门却是不小，一路狂啸着，超了一辆大切，又超一辆大奔。大奔当然不服气，在后头追。癞爷就点评：“这杂种，买台大奔以为自己会开车。”

癞爷年纪刚到五十，大我整轮，都是属龙。但在乡村，字辈就是律法，该怎么叫还怎么叫。记得有一晚，我和几个朋友路边拦下一辆的士，逐一钻进去，没想是癞爷的车。我坐后排，所以也没在第一时间认出他。他等我喊他，我也没及时喊。他将车开一阵，叫了我名字，我才意识到是他。"叫爷爷！"他那么说。我没吭声。他说你爹见我赶紧叫叔叔，你不喊？我只好喊，要不然，这事情会在蔸头村传开，我若再回到那里，会被人指指戳戳。其实就叫了一声爷爷，那几个朋友都乐不可支，纷纷冲我说："叫爷爷。"我说："我去，他真是我爷爷。"癞爷也满意地说："哎，这就对了。"但以后我就留了心眼，看见他的车，不会招手。我年纪也是不小，叫一个爷爷开车，自己在后排端坐，心里总不踏实。

而我三叔塔佬说："小孩家贪玩，只是不小心跌下来，哪可能……哪可能……"

我父说："县医院讲是怕她残废，命应该是有。送到市医院，水平高，设备也全是进口，搞不好还能恢复一个完人，能跑能跳。"

癞爷说："那是，现在医疗技术高，不比以前，女人一生孩子，家里人心子就悬起来。要么死大的，要么死小，要么大的小的一起了，家常便饭。"

"我们乡下人，残就残点，先把命保住。"三叔强自地笑，又说，"单妮长得好，个子也高。"

三叔诨名塔佬，自是身板高大，在蔸头村，和谁讲话都要勾起脖子。村里人推选他当村长，当满一届，他不想干。人们纷纷说，塔佬，你找个个子和你一样高大的，把你代替了，就可以不当。现在营养好，也有后生不断长得高大，但身条子没抽完，都一头往外面扎，哪肯留在村里。三叔只好一直当这个村长，当了很多年，村人便说，左瞧右看，也只有塔佬长一脸官相。他是一九九七年当的村官。一九九六年他找到我，要我带他去市里看火车。“我从来还没看过火车，白活这么多年。”他一脸忧伤。我便找车站的朋友帮忙，进到里面，他蹲在月台，将来去的火车看了一整天，将上下旅客的脚杆看了一整天，中午还是我送去盒饭。二〇〇二年，作为优秀村干，他有机会去北京学习访问。去是坐火车，摇晃一整天，回来坐飞机，只消两个多钟头。他给我带来一条（一百支装）毛主席纪念堂的专供烟，表明和毛主席打过照面。但那烟不好抽，纪念品大都不是好东西，只是用于纪念。“几年前我还没见过火车，今年就坐了飞机，两个钟点就能回来。说实话，这一趟来回，我再也看不上火车。”

瘸爷将车一拐，过了收费站，驶上高速路。佴城和地市很近，通高速后，三十分钟就可到达市区的南城，市人民医院设在那里。三叔是个话痨，高声大气，将各种平常的事情，当成稀奇讲。听的人，起初觉着好笑，慢慢地就会受三叔感染，随着他大惊小怪。上了高速路，三叔又感叹，回想二十年前头一次去市里，从佴城上车，走走停停大半天，中间很多妇女在车上哕，很多同志跟司机申请下车解手。司机不是人，女同志说话就给方便，男同志一概不理睬。“后来到市里，我找到一个厕所，一口气尿了三个啤酒瓶。”

三叔看着车窗外迅速移动的风景，抚今追昔一番，又要回忆单妮。单妮是他和三婶带大的，三凿两口子一直在县城务工，很少回家。对于陌生的高速路，三叔能说一堆话，那么对于单妮，讲个几天几夜是没问题。这时，他接到一个电话，嗯啊几声，便陷入沉默。

我们老远看见市人民医院。这时天已亮透，市医院主楼是双塔结构，很高，顶楼几个霓虹字仍然闪烁，但光迹黯淡，像即将燃尽的煤饼。很快，车子开进院内，找到急救中心，下车。

三凿，我的堂兄，在门洞处等。他大我两岁，看上去脸纹和我父一样稠。他安静地站在那里等，身体习惯性瑟缩、佝偻，夹一支烟，有一口没一口地抽。我们朝他走去，谁也没有喊他，他呆钝地发现我们的到来。他想了想，脸色陡地一变，还没出声，眼泪已经喷涌而出。我下意识地去扶三叔，他个子大，如果腿脚发软，会是一次坍塌事故。三叔原地站得稳，我仍然扶他，但已感受到三叔的平静。那种平静，异乎常理，却又如此真实。我这才想到，三叔在车子上定然颤抖了好久。他坐我身边，只不过车的晃动掩盖了一切。

一切太快。

癞爷也过来，扶住三叔的另一侧。再往前走，走廊尽头那扇大门打开，一伙女人出来，都是在哭，合唱一般整齐。她们都是莵头村人，随着丈夫在县城打小工。某种程度上，进城较早的三凿，等同于他们的工头。即使打小工，多年下来，也积攒了一定的口碑。雇主将电话打给三凿，他再往下派工，要兼顾每个人的利益。今早三凿两口子搭了急救车赶来，他们也叫辆面包车，往里面塞人，挤得紧紧巴巴，再多一条腿都搁不进去。面包车随后赶到，门打开，有那么多人不可思议地涌出，瞬间便制造了紧张气氛。他们怕吃城里人的亏，遇到事情，尽量抱团应对，图个人多势大，或者法不责众。

男人和女人相向而行，眼看即将会合一处。我知道更大的集体哭泣即刻暴发，胬心一紧，往左侧一条走廊钻去。一切如此熟悉，八年前，我已遭遇过一次。我害怕集体的哭，那对不哭的人是种强迫，仿佛你会因此失去为人的资格。我其实容易落泪，但众人皆哭时，我偏就哭不出来。

上一次，死的是双洁，双胞胎里的妹妹。双洁晚出了几分钟，就变成妹妹，脸上随时挂起委屈的模样。正好，亲人们依赖这一特点区分两姊妹。

双洁的死，可说是一次意外，一次疏忽。

那年这一对小姐妹同是八岁，弟弟傅家顺五岁。三凿两口子进了城，务工赚钱。家里有儿有女，父母帮着照看，自己在外面每天挣钱，到手纵是不多，远远强于在家种稻。三凿分明是看见好日子在跟自己挤眉弄眼。乡下小孩都要带弟弟妹妹，这对姐妹也一样，从小围着家顺转，处处留了心眼。她们已经知道，家顺比她俩都重要，裆里夹着的可不光是小鸡鸡，也是“香炉碗”。我亲眼见到这样的场景：我去三叔家，带了巧克力。三叔悉数接过去，先不让小孩看见。然后，他拿出其中一块，在三姐弟眼前晃。“只有一块黑饼干，该谁吃？”姐妹俩几乎异口同声：“家顺。”三叔还要问一句，为什么。姐妹俩答案就有了区别。一个说家顺是弟弟，一个说家顺是男孩。“都对，你们真是聪明。”三叔又掏出两块“黑饼干”，每人一块。我在一旁，忍不住说：“这样讲不好吧？”“有什么不好？你们城里人拐弯抹角，一样的意思，偏要讲出不相干的大道理。”

“我要只有女孩，也高兴。”

“你有单位，老了有国家养着。”

我要再往下说，在三叔看来，都是大道理，是拿他的错，只好闭嘴。那是黄昏，逆着光，我看着姐妹俩神情的一系列变化：先是克制，因为三块巧克力的出现，眼眸重焕了光芒。她们拿着各自的一块，走到前面一棵铁青色栎树下。夕阳在她们那一侧，我记取这一场景，有如剪影。

一次平常的嬉闹，家顺突然发力一推，双洁没防备，跌到屋前的陡坎下。陡坎两米多高，双洁左颅先坠地，幸好只是硬土，没撞上岩石。双洁说疼，家人没及时送医，只是土法上马：胡萝卜拦腰切开，蘸桐油，烤热，抹搽、揉搓肿起的地方。后面，张医生说，这加重了颅内出血。

我们知道情况已是次日午后，三凿打来电话，夹杂隐隐哭声。他说双洁脑袋疼了一夜，现在正搭兵哥的蚱蜢车，往县城赶。（后面张医生说，搭乘蚱蜢车，也是严重失策。但乡下人除了计生政策，哪还顾得上别的“策”？）三凿问我有没有熟悉的医生，要尽快联系好。我问怎么搞的？他说跌到屋坎下面。我说这个先去急诊科，让医生看下一步怎么搞。

我们赶去时，双洁左边头颅已经肿大，时而剧烈呕吐，呈喷射状地吐，是由脑疝引发。急诊科不肯收治，往市医院推。我母亲感觉到事态严重，找到外科主任张朗维，要他帮帮忙。“送去市医院来不及……现在什么措施都来不及，只有开颅。你们签免责书，我只能尽力而为。”张朗维是有名的外科医生，全县头把刀，市里调他，省里调他，都不去。他的理由是，三十年前，一分到这个医院，就从没想到要调走。人为什么要调来调去？他感到莫名其妙。

母亲自然信得过他，鼓动三凿签免责书，之后，双洁以最快速度推进手术室。

我第一次感受在手术室外的等待。我记得，影视剧里守候手术室的场景，根据情节需要往下发展，绝大多数都是有惊无险，偶尔会是最不堪的结果。

走道里，钝白的光四处流溢。不知什么时候，我见自己嘴里念念有词。当我意识到这点，就抬眼看别人，很多人都这样，堂嫂、三叔、瘸爷、我父、我母，当时尚未远游的我弟……我掐表看的，双洁被推入手术室，是下午三点一刻。三点四十二分，手术室的门第一次打开，是张朗维本人走出来。大家凑过去。张朗维摘下口罩，摇摇头。

真实的死亡，总是意想不到的快。

那一刻，我感触到一种异常坚硬而冷的东西，塞在喉头，憋大了脑袋。而此前，影视剧总是反复告诉我，死亡是一种有弹性的东西。人们的心情，人们的祈愿，可以促使垂危的人一次次缓过气来；可以促使奄奄一息的人，在下一集便恢复做爱能力。坏人只能是枪靶子，好人总也打不死。而我们，谁又自认是坏人？

那一刻双洁被宣告死亡，死亡在我印象中也失去所有弹性。死亡就是死亡，死亡只能是死亡……堂嫂秋娥的哭声，止住我所有的想法。她哭得凄惨至极，以往定然从没发出这种声音。忘了说，我们同是土家族，纵然时代不同，女人不用练习哭嫁，显然也比别族更多一些哭的天分。或者，这来自族群的基因密码。堂嫂还把声音一再拔高，在她潜意识中双洁尚未走远，可待唤回。三凿咬紧牙关，一把抱住他妻。此前我从未看过两人的拥抱，包括他们当年冗长的婚礼。

那时候，他俩进城务工才一年，不太吃得开，认金柱乡一个姓顾的人当大哥，好有照应。顾大哥懂当大哥的责任，当天领来不少人，聚到手术室门口。一个老护士便守着他们，不让吸烟。顾大哥打断了这对苦难夫妻的拥抱，执意将三凿拖至廊道转拐的地方，咬起耳朵。

稍后，三凿朝我们一家走来，脸上显然有了主张。他站定，用目光找准我父的脸。

“大伯，我们要闹。”

“怎么说？”

“就是要闹！”

在家中，我父从来低头干事，我母专管抬头面客。母亲往前面一站，问：“为的什么？”

顾大哥领的一帮人围过来，呈扇形分布，排列在三凿的身后，一看便是他坚强的后盾。三凿便说：“双洁不应该就这么死。”

“昨天及时送来还有希望，今天送来错过治疗的时机，总不该是医生的责任？你应该看到，CT 片上，双洁的脑中线已经严重偏移。颅内大出血，脑线严重偏移，哪家医院敢收治？张医生还愿意开刀，已经是学雷锋做好事，你们还闹。”

“我们没有文化，看不懂底片！”

“来的路上，双洁剧烈地吐，那就是脑疝，你总是知道。人一旦出现脑疝的状况，往好了说，九死一生，说直接点，必死无疑。这个情况，你们要不信再去别的医院，任何一家医院，问别的医生。”我母久病成医，知道一些医理，刚又听了别的医生分析病情，此时讲话便有几分专业。

三凿一时语塞。他从小不善言谈，更别说与人理论。顾大哥将他抹开，冲我母亲说：“我们不要讲那么多。大家都看到，刚才人送进去是活的，还没半小时，就死掉。你不觉得太快？”他背后有个兄弟，又添一句：“杀牛宰羊，血放干了，还要在地上打半个钟头冷摆子！”顾大哥扭头止住那小弟。顾大哥极力维持一种很懂分寸的形象。

母亲问：“你跟我说说什么是快，什么是慢？一次死亡，要持续几分几秒才符合法律规定？”

顾大哥不语。

“刚才已经签了免责书，有法律效应，不是开玩笑。”

“三凿签的，他可以一边站着。他老婆没签。”顾大哥说，“道理我也懂。”

“你是小顾，对吧？我听三凿讲起过你，你是懂道理的人。”母亲虽然个小，毕竟乡镇混过，单位里当了多年小萝卜头，处理过很多问题。她又说：“一人签字，就代表一家人的意见，你最好找个律师问清楚，不要开口瞎讲。再说，这是我家里的事，你毕竟是外人。现在已经出了事，我们家里人先商量。这个时候，你还不方便多讲。”

顾大哥既不回应，也没有要走的意思。母亲冲三凿说：“你不相信医生，总要相信大伯和伯娘。我们会不会害你？闹事总是一大帮，擦屁股只能自己来。要真闹起来控制不了局面，造成什么后果……你自己有脑壳，你更有自己的脑壳。”

三叔在那边哭，我父离开这边的人群，走过去，好歹将他劝停。两人走过来，站在我母亲两侧。被我母亲一衬托，三叔的站立，就像是耸立。他说：“三凿，做事讲道理，做人凭良心。医生还是你伯娘的熟人，认识好多年，今天才肯出手。他凭什么要害双洁？你只要找出一个理由，讲出来。要不然，恩将仇报我不答应。”我一听这措辞，夹杂我父一贯的腔调。

场面一时静默。张医生这时开了腔："我也难过。当然，你们见到一次，我已见过成百次，所以，请原谅我没法和你们一样哭出声来。出于人道，我们医院免去所有抢救费用，马上联系车，免费把人送回家。"

小小的尸体很快包严实，用担架抬上车。我代表我这一家，上车护送。那是农历七月十五，我清楚记得半路一场疾雨，到村头雨顿住。三叔的院子里已经搭好雨棚，在村尾，而灵车只愿开到村头，不往里开。不少人聚在村头，尤其是女人，相互搀扶，看向进村的路口。乡村的女人，为彻夜长哭，都已蓄力，并找定各自节奏，在夜色中亮出一点就燃的神情。男人大都拎着蓄电池的灯，一笔笔光柱很长，光柱里浮游了蚊虫。有几个男人还是用矿灯，灯在额头前亮起，巨大的电池别在腰间。

我想起我曾将单妮和双洁一手一个，抱在怀中。那时候，她们那样地轻，她们一样地笑，以至我分不清。我问谁是谁。她们挤着一样的眼神，一个说，叔叔你猜；另一个捏着我鼻头，说你可以猜三次。

车已停。我扭头一看，裹紧的尸体，说不出的小。在我另一侧，三凿的老婆秋娥已是休克状。她是她母亲，黑发人送黑发人。外面一张张脸，贴向车窗，一时，我从未如此近距离地看清乡村群像，他们暗沉的脸被夜色进一步放大，陡然清晰，马上又滤入无边的模糊。

车的后门一开，几条汉子接住担架顺着光走，司机揪着我说，快点把担架还回来！

## 3

起初，高级中学是有五人在场：四个老师，两男两女；一个宿舍管理员，当然也是妇女。医院廊道总是深长，墙壁和地面都散漫地反射着顶棚上惨白的灯光。他们本是坐在尽头的条椅上，一时都站起迎接，神情木然、客气、恭谨，有男老师给我们打烟。倒是那个女舍管，姓欧，双手垂膝，在扭头时眼仁忽闪一下，显然浸过泪光。我当时就想，是不是，她觉得这事跟她关系最紧？我看着她时，她身体仍有微颤。

女舍管欧春芳近五点听到女生的尖叫，不敢怠慢，打了电筒，循着声音跟着光晕往前走。看到地上的人，她说她也尖叫一声，脑袋有些发蒙。地上躺着一个人，旁边站着两个女孩，这两个女孩并不认识地上的人。稍后，欧春芳向人打听单妮属哪个班。她又不能亮起舍灯，只好一间一间去查。不少女生已经醒来，站在寝室口张望。一刻钟后，得知这女孩是高 267 班，叫傅单妮，从而拨通班主任宋奎元电话。

“……我当老师十八年，当班主任五年，第一次碰到这种事。”宋奎元瘦高个，是教体育，非主课，本来可以不当班主任，但老婆是半边户，收入捉襟见肘。他反复争取当班主任，多拿津贴。一个体育老师当上了班主任，纵有些励志，又显意外。宋奎元本人表示，班主任的课会让学生格外偏重，他管的班学生身体素质一好，语数外便得到齐头并进地发展。宋奎元本是要讲单妮的事，一岔神便讲起自家事。很快，他发现说话脱题，回头又谈单妮。“……在我印象中，她是个很阳光的女孩，热情开朗，虽然成绩不算很好，但班上同学对她评价都不错。我还想着下次改选班委会，让她来当生活委员非常合适。她腿长，能跳能跑，很快运动会要开，非常需要她。”宋奎元长叹一口气。

不远处的路灯在众人的恍惚间同时熄灭。

那是最大的一间急救室，一溜过去四张床，床头上方密布各种插口，可接各式管线。在妻的科室，我经常见到插满管线的病人，经常误以为，那病人是正待成型的某种工业产品。单妮躺第二张床，其他三张床都放空。一张白色薄被，盖了浑身，却露出左侧的一只手和一只脚，失血蜡黄。一众女眷围在床畔，当然是要哭，一旦哭起，便忍不住要用哭腔念白。土家女人，“哭诉”是一种习惯，特别在乡间，时时处处用得着，会哭的女人往往好嫁。有一戴眼镜护士守在一旁，不断提醒，不要大声，不要影响别的病人。有人恨声说：“人都死了……”护士娴熟地答：“不要为难我，这是医院。”那表情分明在说，死人了不起？她委实看得太多，也许在她眼里，隔几天没见死人，才是怪事。护士前脚一出门，女眷们哭声骤响。

我在病室站一会，不知能干些什么。这时，有个姓岑的男老师主动过来跟我聊，发烟，我就跟他出去喷几口。他说当年复读，我读文科班，他理科班。他对我有印象。我说原来是你，其实脑里根本翻找不出他当年模样。我俩聊一会，得来却是失望，他没有提供新的信息。他住在学校，被宋奎元拍响门窗，叫他一块去帮忙。他赶到，前面的人已经将单妮弄上一个担架，他帮着抬，一边走，一边听别人纷乱地交谈。

"应是……自己跳下来的。"岑老师看看我，又说，"她是住女生宿区第二栋二楼，却从第五栋的第五层跳下来。女生宿区一共五栋楼，就那个位置，最适合自杀。"刚才，我四下里走，同样的说法已经反复听进耳里。我想问，你怎么判断哪个地方适合自杀。我们眼神碰了一下，他便说："你到地方，看一眼，自然明白。"其实还有诸多问题，比如她为什么到那里去；是她一人，或者还有别人？真相必然要对所有的疑问做出解答。岑老师承认自己知道的都讲，不必藏掖，又说，"现在正在调取监控，监控最能说明问题，到底怎么回事，等下全都清楚。"我点点头。我经常看央视 12 套的《天网》，看各种案件，早已得知，现在警察破案，十个有九个半要借助摄像头。"天网恢恢"，早已不是形容之词，是每个人身边存在的基本事实。

岑老师能说，又回忆复读时候的事，但我不想听那些。老师总是很能说，或者一个不能说的人当上老师，只好将自己变得能说。我斜眼看向那边，现在我知道她叫欧春芳，是高级中学资深女舍管，工资却非常低，以前靠门卫室一部电话赚外快，打出去按时计价，打进来五毛钱呼叫费（学生管这叫口水钱）。有学生煲电话粥，她便掐着表，每十分钟加收一块，也是理所应当。现在人手一只手机，这项外快也断掉。我一直看她，也不知为的什么。她个挺高，此外并不吸引眼球，何况是在这种情况下，我没有任何理由去鉴赏一个女人的样貌。岑老师发现我并不在听，又递一支烟，咕哝着走开。欧春芳便走了过来，勉强地一笑，说你是傅浩淼傅老师，你篮球打得好，以前五一节，我最喜欢看你打球。我一笑。那是十多年前的事，我二十几岁，能弹能跳，靶子准，因打球得以调回县城，平时去城北农贸市场收一收摊位费，主要的工作却是代表单位打球。并不是我打得有多好，小县城扒拉一遍，能找出一堆高个，但身体僵硬，最缺乏能将一支球队盘活的控卫。我打球时，经常会想起一部叫《僵尸肖恩》的电影，我当自己在陪僵尸做游戏。欧春芳还提到曹云丽和蒋薇，看来对我真是有几分了解，作为县里小有名气的控卫，年轻那阵，我也免不了造下几段绯闻。后面NBA不断篇地直播，本地人打球，再也找不来观众。后面我就结了婚。她讲起两人的下落，无非是恋爱并结婚，生下一个小把戏，男人对她们并不好，但也只能将就着把日子过下去。身在小县城，能有什么新鲜活法？我还不是一样？

这时，去回忆往事，显然不是时候。我目光四下游走，看见三凿。他一人站在一个角落，夹一支烟，刚抽进去又吐出来。他是强自镇定，身体却像不断遭到强电流击打，一阵阵抽搐；而他脸上，只是越发的皱，皱纹严实地掩盖了哭。有人向他走近，似要安慰，他便扭头往厕所方向走。他是个闷人，不爱说话，偶尔有了心情，便唱起动听的山歌。

很快，欧春芳跟我聊了半个多小时，准确说是我一直在听。我想着彼此人生中也只这一次交集及交谈，便耐心听，眼一直往那边瞟。这期间三凿连上三个厕所，进去又出来，进去又出来，又进去。

三凿人生最辉煌的时刻，是十年前，一个美籍华人音乐家来小城搞音乐会，全县范围搜寻两百来个山歌手，有老有少，有男有女，排好队，密密匝匝地站到江心临时搭建的高脚架台，给一个北京来的民歌手当背景墙，唱几段和声。我当然是要捧场，音乐会散场请他消夜。他问我听没听到他的歌声，我说听到听到，在两百个声音中，我能精确地搜寻到、接收到并清晰听到他的声音。他的声音和北京来的民歌手珠联璧合，此起彼伏。三凿自是振奋，充满感激，用山歌劝我再猛搞一口。

九点刚过，急诊科外一阵喧哗，两男两女四个老师整齐地往外奔，迎接来人。来人是县高级中学教导主任范培宗，岑老师已介绍过，这位是学校五把手，将带来从监控里查看到的情况，是否有别人在场，如何往下跳，都将得到明确解答。我也不知一个学校里领导如何排位，在我看来，是很高冷的知识。来个领导，气氛是有不同，当教导主任被他们簇拥着走入，家属一方，我父、三叔、癞爷还有一帮女眷走出来，自然排成队列。范主任在宋奎元介绍下，一一握手，排序当是有经验，首当其冲应是三凿，可能又去了厕所，下一个便到三叔，再到我父，然后是癞爷……宋奎元不忘用目光找我，我过去，同五把手握一握。走近了，闻见一鼻子男性香水味，很意外。这教导主任实在是个潮骚的人物，年纪比我大，头上戴的饰帽很像毛主席井冈山时期戴的八角帽，发脚剪至齐耳，外套常见，里面穿的却是V领的海魂衫……还有，裤脚阔大的八分裤。如此穿着，混在一个县城教师队伍中，又被一众人簇拥起，有那么点鹤立鸡群。他长得像某个旧日的影星，达式常郭凯敏那一辈里头的，具体我想不起来。“我对你很有印象，你会后仰跳投，很准。”“是吗，好久以前的事。”“我也打球，也司职后卫，但我俩没碰过。”“现在打不动了。”“是啊，打不动了。”手一握，竟有些唏嘘。他用了“司职”后卫，我没听岔，便怀疑是教语文出身，找人一问果然是。

他用目光检点在场的人，又四顾一下环境，说我们到外面坐着讲。于是，进来时四五人，这时往外走人头就攒动，他走在最前面，健步，沉稳，显然摆平过很多头疼的事情。地点已经找好，在一丛月桂树下，有花坛，水磨石的坛缘已被屁股磨得溜光，坐下去，冷气幽幽钻入肛门。他一安排，众人皆坐，像是被人按下双肩。他却站着，开口前，目光要在每人脸上刷一遍。

“我刚才迟迟不来，一直在看监控。”范培宗轻咳一声，“多亏现在有监控头，每一层楼都有，有图像，这是我们最可以相信的东西。根据女生二栋二楼监控的记录，傅单妮同学是两点十五分第一次走出来，两点二十三分回宿舍；又于两点四十分再次走出。这两次出门，身上着装不一样，显然是有意识地换了衣服。换到五栋五楼的摄像头记录，傅单妮同学两点五十分进入画面，在楼梯口徘徊一会，三点过七分下楼。有跟踪显示，她下到二楼，又重新往上走。从三点过十分开始，傅单妮同学一直坐在楼梯口，基本一动不动，犹如她上课，也是一动不动，经常受到老师们的普遍好评。楼梯口旁边有个小窗，监控画面无法显示。三点二十分到三点四十二分，傅单妮同学出离监控画面，是走到了窗前。楼下电杆上的摄像头可以看见五栋的侧面，调出查看后，发现她有数次将头探出窗外，朝下面看。同时，她应该是在吸烟……”

“我家单妮从不吸烟！”秋娥听不下去。

“对不起，人在这种状况下，干一些平时没干过的事，并不奇怪。刚才，我们在窗前找见几枚烟蒂，应该可以作为佐证。之后，她又回到楼梯口，一直坐着，可以猜测，这段时间她心里一定想了许多事情。四点十一分，她再次去到窗前，纵身往下跳。经两个监控画面比对，这次她没有犹豫，可以说是……一气呵成地跳下去。整个过程中，只有她一人在场，别无他人。这一点，也可以肯定。”

范培宗说完，目光含有期待，准备答问。现场却是一片枯寂，三凿拿眼睛找我父，之后又找我，希望我们问一些恰切有效的问题。这时，他脑中定然千头万绪，却不知从何问起。

于是我问："你讲的监控画面，家属可不可以看到。"

"这没问题。眼下还要等一等，我们报了案，公安已经介入，不但查看视频监控，还调取傅单妮的手机信息和QQ聊天记录。很快会有结果，你们要相信警察，现在他们办案手段专业，效率很高……"

"为什么报案？"一个老乡脱口问出，人却没有站出来。这一问，像是被风从远方吹来的声音。

"问得好！"范培宗表情再度沉重，又说，"因为傅单妮的同学汇报一个情况，引起我们的重视。傅单妮一年前和一名省城的男子进行了网恋……"

"这怎么可能？"

"请听我说，先请听我说……这种事，我绝不可能开口乱说，一定是有根据。事实上，在傅单妮的日记和QQ聊天记录中，已经找出相应的证据。这一情况，她身边几位女同学都是知道。"

又有个声音，从人群中冒出来："我们单妮，是不是被那个狗杂种祸害了？"

"两人没有发生性关系。这一点，我相信你们都清楚。具体的情况，马上公安局会有人跟大家说明，我也不方便多说……我知道的，暂时就这些！"范培宗将话讲完，还搞一个双手合十。

事实上，我们刚来时，也从医生口中得知单妮的伤情——浑身多处骨折，同时多个脏器破损、衰竭。一并告知的，还有对她私处的检查，处女膜完好。急诊科的医生显然有经验，见跳楼者是一位花季少女，无须交代，就进行相关的检查。他们有经验，这必然用得着。这当口，我松了一口气……对的，我竟松了一口气。万一单妮不是处女，事情是否会变得复杂？即使她与网上恋人发生过性关系，这又能说明什么？我如何跟三凿解释，即使她被那个狗杂种祸害了，只要跳楼时那狗杂种不在场，你就没有理由去找他的麻烦。如果我敢这么说，三凿一定用眼神质问：你跟那狗杂种一伙？

我偶尔和他们喝酒——三凿，还有和他一同干活的兄弟姊妹。稍微多喝一些，不免要讲到城里人，嗓门势必抬高，会开骂。有次他们争起来，有的说城里人大多是狗杂种，有的说城里人正好一半是狗杂种，有的说，讲句公道话，在我看来，只有少数个别城里人，算是狗杂种……总之，仿佛这只是个比例问题。说到欢畅，有人一瞥我也在场，就拍拍我肩说："当然，浩淼，我们讲的不包括你。"

## 4

那戴眼镜的护士隔一阵进来催一次，叫我们把死者挪开，把病室留给层出不穷源源不断前仆后继的病号。后面她也心烦，冲我们喊："有点公德心好不好？医院又不是你们家办的，床位又紧张，你们不能老占着不走。"秋娥跟她哭诉："我没有公德心？我女儿死了，情况还没搞清楚，怎么能挪来挪去？"护士低了声音，又说："又不是我们医院害她，你们要讲道理。”一个女老乡来帮腔：“你们抢救一个小时，赚了一万三，人还是死了。借你们地方躺一躺都不行？你们是拦路抢劫？”

“又不是我赚这个钱。”

“那你这么高的工资哪里来？”

“我工资很低……”

“有多少，你说！”

护士不说。但我知道，收入在本地区真不低，于碧珠因此对我任性使唤。

抢救不到一个小时，就已宣布死亡，抢救费用是一万三。虽然校方已经声明，所有医疗费用都由他们支付，但在乡亲们看来，医院又一次趁火打劫。

隔了一阵，护士用微乎其微的声音说：“你们总是要讲道理。”这引发一个男老乡的声音：“道理？道理就是，有种你来挪我家侄女试试，有种你挪她半寸试试！”声音不大，字字清晰。

“欺负女人算什么本事？要闹，我们这里有保安。”

“你去叫保安！”

“你们用不着这么欺负人……”护士且说且退，后面再不见进来，亦无保安前来交涉。医院固然不是我们家开的，而保安，也不是她家养的。

后面，一直再没有人催我们腾出病室。

接下来的事情，有点按部就班，快十点，公安局来了一名警察，没睡醒的样子。他带的消息，只不过是将范培宗讲的情况进一步细化。比如说，原讲一年前单妮就与人网恋，现精确到九个月以前。比如说，原讲的省城男人，其实待在省城所辖的一个县城。他讲起单妮曾有一次远行，奔赴省城和那男人私会。一路上，单妮与该男人保持着通话，但当单妮赶到约会的地点，那男人却将手机关闭，不愿见面。警察说：“这事对女孩打击很大。怎么说呢？我估计……我们估计，就因为她长得很漂亮，所以根本没想到，自己会碰到‘见光死’，毫无心理准备。她毕竟年轻，这种事……”警察还说：“现在可以确定，是自杀，用不着立案侦查。”警察用力遮掩，还是打起哈欠。我给他递烟，他不接，坚持抽自己的。

三凿问：“那个人，叫什么名字？”

“这个不能说，有规定……他没有犯法，即使犯法，也由我们处理。你们打听到名字也没用。”

三凿嘴在抽，没吭声。

十点半，高级中学校长禹怀山赶到。“前面来的都没卵用，这个官才是讲话定板的。”在我身畔不远，癞爷跟三凿如此交代，要他打起精神。三凿却依旧恍惚。这几小时下来，他定然无数次暗示自己：这一切都不是真的，不是真的。一晃眼，单妮还好好站在眼前……就这么几小时的事情。过去的事，像一条扭头便看得见的路，却怎么也踩不上去。

禹怀山有备而来，一行好几辆车，到地方，停稳，车里钻出来的人，让我父和三叔都小有意外。我父看见的是江道新，县教育局副局长。

我父一直强调，江道新帮了我家不少忙，彼此关系极好。事实就是，江道新几乎是我父熟人中级别最高，能力最大的一个。我父认定江道新和自己关系最为紧密，但在江道新看来，最好的朋友，只能是另外一些人。此时，江道新下车，我父亲隔老远叫他一声，他装作没听见。待一会，走近一些，他定然又表现出意外的亲热。

伍乡长倒是率先朝这边招手，嘴里叫一声，塔佬！三叔逢人便说，伍乡长是他遇到的贵人，不但让他连任村长，而且提拔他当上优秀村干，去了一趟北京，去了一趟韶山冲以及井冈山。有一次我去到三叔家，正碰上伍乡长下村检查工作，三叔将伍乡长硬生生拽到家里，宰了鸡鹅，一定要请吃酒。三叔酒一喝，一定要给伍乡长唱山歌。伍乡长起先还鼓掌，三叔一唱没个完了。据他自己说，会唱三百多支山歌，调门相同，歌词都不重样。后面伍乡长到底拉下脸说："你再唱一句，老子讲走就走！"三叔这才闭了歌喉。

这一次，这边的农民兄弟已经有了经验，不再迎上去，任一帮领导就那么走过来，每一张脸上皆是平易近人的表情。倒是我父，站起迎住了江道新，两人握手好半天。伍乡长和三叔平时老在一起，上下属关系，也不好显得太亲密。

"……你家里的事情，我刚知道，来晚了，来晚了。"

"不不不，你还亲自……"三叔毫不掩饰感激之情，甚至眼角有些湿润。是的，我看得清楚，而且时日一久，我看得出来，某种程度上这就是他一种技能。去村里次数一多，我就知道，在一群神情麻木的男人当中，表情稍显丰富的那几位，必是能人。

伍乡长搂着三叔的肩，把他往一棵桂花树下面带。而我父，也随了江道新，且说且走，去到墙角垃圾桶旁边。江道新烟瘾大，又身居显位不能乱弹烟灰，所以到一个地方就要找垃圾桶，就像公狗撒尿一定要找电杆子。而我此时看到这种情势，想到却是打篮球，搞盯人防守。

我提醒自己不要想太多。这是个悲伤的日子。

那边是盯人，这一头的禹怀山，就要面对一大拨人。他摆出体察民情，嘘寒问暖的模样，身形几晃，扎进一堆农民兄弟当中。他个高，估计一米八五，而这帮农民工大都在一米七以下。领导总是要摆平各种状况，若有一副好身板，确也省了很多口舌。一开始，他只是听，还吩咐身边那人，据说是校长助理，姓满，拿出小本子记笔记。三凿本不愿讲话，但这架势摆出来，领导都扯起耳朵，还有人拿了纸笔要记，不敢不讲。他讲家里的状况，当然是突出如何困难；讲在城里打工的不易；接着就讲起自己的儿女。“本来我有三个，两个女儿，一个儿子。八年前死了一个女儿，现在又……”

“八年前死了一个？”

“嗯是。”

“怎么死的？”

“不小心跌下岩坎，就死掉了。”

“哦，那你这两个女儿，哪个大？”

“她俩都是……”

这时，我觉得我应该站出来。我觉得对方是有备而来，而这帮农民兄弟，他们纵是人多，却只能围成一个圈发呆。劳心者治人，劳力者治于人，总是颠扑不破的道理。我把三凿一扯，回答说：“这个是大女，前面那个是老二。”

禹怀山睃我一眼，说：“我看过你打球。”我正要说谢谢，他脑袋已然偏转，重新面向三凿，接着问：“那个是八年前……死的，那时候有几岁？”

"双洁八岁。"

"傅单妮今年十六，那你两个女儿是同岁？是双胞胎？"

"是双胞胎。"

禹怀山就点点头，那边小满笔头飞动。有人说："少记这些没用的，孩子死在你们学校，你们赔多少？"我耳根子一抽，意识到，这是当天头一次扯上了正题。说话的是三凿的小舅，叫老海，年纪比我大，一直未婚，光棍看来要打足这一辈子。禹怀山装作没听见，于是，又有人问他："你们到底赔多少？"他们发现禹怀山在回避这个问题，便要追着不放。他们每个人的声音都不大，但可以像回音一样，将同样的问题一嘴一嘴传下去。

"你们说要赔多少？"禹怀山目光扫视一圈，又说，"我们不是敌对的双方，出了这样的意外，更要团结，要一起商量，妥善地解决处理。现在，死者为大，我奉劝各位都要有大局观，谁要挑起矛盾，谁就是让这孩子不得安宁！"他的声音像是从中置环绕音箱里喷出来，沉甸甸的。场面一时又恢复安静，空气中已弥漫起禹怀山的气息。我父和三叔拢过来，江道新和伍乡长仍旧陪在身侧。见人都已到齐，禹怀山就请江道新讲话。江道新讲："我不讲，老禹你讲。"

于是禹怀山接着讲。

"大家都不愿看到的事，到底还是发生了。一个年轻的生命，就这样突然完结，你们家长亲戚痛心，我们做老师的何尝不痛心？你们作为亲人，是第一次，或者是第二次，而我从教几十年，毫不夸张地说，已经历了几十次这样的痛。痛定思痛，这么些年我意识到，这里面有个比例的问题：孩子都是祖国的花朵，家庭的花朵，同样也是老师的花朵，我们给他们阳光，我们总想把最好的都给他们，但是，总有一些花朵，却躲藏在阴影里。自杀的学生，普遍都患有抑郁，你们无暇顾及，我们学校的心理疏导工作，也没得到完善。当然，及时检查、发现学生的心理状况，及时疏导，这在我们整个国家都刚刚起步，落后地区，才刚有这样的概念。而且，今天发生的事情，又是特例，得知你们家两个女儿，双生的姐妹，前后八年相继离去，我心里的悲痛也在翻倍。我能想象这种悲痛之深重，之惨烈，恕我没有资格，像你们亲人一样完全体会这份疼痛。出了这样的事，你们受害，我们学校同样也是受害者，也是意外地卷入其中。这一点上，我们彼此应该予以充分地体谅。老话说，双生共体，同去同归，以前讲是迷信，但我作为一个基层的党员，也不得不说，总有一些事情，在我们理解范围之外。事情已经发生，一定要有个解决。熟悉我的人，都知道我的行事风格：决不逃避责任，在合理的范围内一定兼顾人道，多为对方着想。对于这件事，我表态，虽然事情出于个人情况，发生在深夜，主体责任不在我们学校，但我们负责所有医疗费用、丧葬费用，以及出于人道精神，给予家属一定数额抚恤金！”

他几乎是一气呵成。

具体讲数额，范培宗又站出来，医疗费马上结付，丧葬费付两万，抚恤金四万。那边催家属表态，这边聚一起小声商量。“我觉得少。”三凿说。三叔便问：“那要多少？”三凿说不出来。三叔又说：“人是自己跳下来，学校没有责任，他们能这么做，对得住人。”三凿便一直沉默。

两边的人再次脸对脸。我父先表态：“学校能这么处理，我认为是合情合理,都不容易。”癞爷也跟一句:“我也没什么意见。”三叔说:“做事讲道理,做人凭良心,学校能这么想,这么做,我也不好有什么意见。”

要三凿表态，他什么都不说。三叔便拍他一下：“再怎么，你要说句话。”他便掩面哭泣。

三叔抚着三凿的背，洪亮地说：“我是他爸，是单妮的爷爷，我可以说话。就这么办。”

对于校方，事情显然意外地顺利。范培宗跟禹怀山对对眼神，又说：“难得你们一家人都这么通情达理。遇到找麻烦的我们不怕，遇到你们这样的，我们着实又不落忍。我们再加五千，不是学校的，是我们在场几个领导的一点意思，聊表哀痛之情。请一定收下！”禹怀山指示小满去弄一份文件,打印出来,将处理意见和责任认定都写明白。小满又往小本子上写字，禹怀山呵斥地说：“别记了，赶紧去弄！”

5

“……痛风了？那好，你家保禄能不能来？……跑这么远去？不是说他的腿脚有伤嘛，不要到处乱跑。……你两个儿子两个女儿，至少要来一个嘛。一家人，这时候不来，要等哪时来？”

我父走到桂树底下接大姑电话，他的声音随风吹来。他挂了电话，叹气，脸上涌起重重无奈。接着他又打小姑。小姑家的人来得也不利索，后来小姑父突然想起，大女婿肖石辉正好在市里，马上通知他。打了两个电话，我父感到累，便走过来，说还有个电话你打。他是指联系五叔。我很快打通，耳里泛起五叔闷坛子跑气般的声音，风声也大，好半天才听清他是过了广林县，已进入马坳镇。五叔没耽搁，但接到消息已经快八点。他在相邻的广林县一家苗圃当工，请假，赶了最早的县际班车，到这最快也要十一点。

我父和三叔、癞爷又站一堆，出了大事，少不了几个老汉凑一起拿主意。即使他们处在下风口，我父的口音仍依稀传来，听得出，他们又扯起了五叔。五叔一直是个话题。

我父五兄妹，他居长，两个姑姑居二居四，我叫成大姑小姑，都嫁到远乡穷门蔽户，日子一直紧巴。两个叔，就按这生序，叫成三叔五叔。我奶奶旷日持久地生下他们兄妹五人，我父与五叔，一首一尾，差了二十多岁。中间有夭折的兄妹。一次酒后，我父与三叔各执一词，一个说折了七个，一个说折了八个。两人掐指核对，是三叔记得更牢，我爷爷奶奶旷日持久地生过十三个孩子。往下，两人只说一个妹妹，叫桐蛾，七岁时夭折。讲起妹妹走之前般般征兆，临走之时种种细节，再核对一下彼此记忆的出入，两老汉一同滚出浊泪。我父还感叹，当年还好，接二连三地死，都已习惯；换是现在，哪个父母忍受得了？

五叔傅桐光，在我父看来，是个自毁前程的家伙。“本来，他是可以不做农民。”讲到五叔，我父先来这么一句，定下调子。

我对五叔印象深，没别的，小时被他带着玩。八十年代初，我还没上小学，我父便把五叔带到城里读书，指望他混上一份工作，变身城里人。某种层面上，我父是拿这个弟弟当儿子看。那时候我两兄弟还小，若被坏小子欺负，五叔一出手就很重，拿城里小孩当乡下小孩练。我父斥他教训小孩可以，出手太重不行，要赔礼赔钱。五叔说：“小心着的，又没见血。”他觉着委屈。打人的事传出去，那些坏小子都说我家忽然多了个大哥。但五叔不是拿来读书的料，高考后哪里都去不了，直接卷铺盖回了莵头村。我父当时在农机公司，跟领导磨了几年，好不容易搞下一个指标，又把五叔送到市农机校读书。按我父规划，两年以后，五叔可以签订用工合同，去乡镇农机站混饭。没想五叔高考失利后，一回到村里，就找个妹子谈起恋爱。去到农机校读书时，两人爱情已然胶着。那妹子生怕五叔哪天变了城里人，说翻脸就翻脸。五叔赌咒发愿，妹子哪里肯听。两人草丛中呢喃时，谷堆里打滚时，妹子一个劲要五叔放弃学业，回村娶她。五叔起初不肯，耐不住妹子恩威并举地要挟，终于一咬牙，再次卷铺盖回了村。“……他还怕我找到，揪他回学校，就去稀树沟烧了半年炭，把自己搞得不人不鬼。”我父每说到此，眼里涌出许多失望。那时候，当城里人绝非易事，若五叔听从安排，两兄弟都进城，总是多有一份照应。

我一直站在急诊科门洞附近想事，抽烟，看往来的人。将五叔回忆一番，突然意识到有些偏题。我也想回忆单妮，才觉有关她的记忆非常有限。

八年前，双洁躺在运尸车中间，我们坐在两边，护送回莵头村。夭折的小孩，尸体不能进入房内。到她家，院里已有帆布遮成了一个雨棚。用四根撑木撑着墙，形成三角，帆布就搭在上面。棚内摆了块门板，下面铺着床单。尸体摆在上面，被人七手八脚地换上新买来的衣服。那衣服布料很差，估计衣裤合起来只三四十块。买了两身，另一身放在旁边，说是换洗用。再在尸体身边摆两个很小的塑胶娃娃，仿芭比造型，但很便宜，五块钱一个。单妮凑过去，看看躺着的妹妹，又想拿起其中一个塑胶娃娃，被大声训斥了。此后单妮一直安静地躺在某个角落。乡下小孩爱热闹，这夜，突然这么多人拥入自家院子，比过年还热闹，单妮脸上时不时还浮现出笑，我看在眼里却有一种诡异，说不出的难过。我想，过了今夜，单妮慢慢发觉少了一个姊妹，一个跟自己长相一模一样的人，心会慢慢地痛。这会是长久的事情。但当时，也就这么想想，更让人担心的，是家顺。虽然才五岁，他已将自己哭得一塌糊涂。出了这样的事，没人呵斥他，但他一定意识到，以前被家长不断呵斥，说明犯下的只是小错。对于五岁小孩，这样的意识远远超过感知的范畴。

三凿两口子长期在城里打工，长期租住城北冷风坳。有一年，他们和顾大哥扯皮，闹个不欢而散，此后三凿就带同村的人另立门户，当起工头。纵是当工头，三凿脸上依旧挂着不知所措的表情，可想而知，跟他干的人经常觉着不爽，纷纷投靠别的大哥。多年下来，跟着三凿干的仍然是那几个最亲密，也比他更蔫的老兄弟。我现在很少打球，也没有别的爱好，没事喜欢找人到街边喝几杯烂酒。我父时而提醒："找谁喝都是喝，你多去看看三凿。"于是我经常拎了酒，买一提卤菜，去冷风坳找三凿。冷风坳是个古怪地方，传言说这里有放射性矿物，水和地里种出的蔬菜都不能吃，原来一些住户也纷纷搬离，空下一幢幢宅院租给农民工，价极便宜。我结婚没俩月老婆就跟我闹离，原因至今不明，而且旷日持久，给人感觉只是长枚痤疮，却恶化成癌。所以我也去冷风坳租一套房，住了有半年时间。那一阵经常邀了三凿和一众乡亲喝酒，小院宽敞，喝至夜深，月白风清，人也就舒坦过来。聊来聊去，少不了要聊那一对姐弟。自那以后，家顺性情一直孤僻，脾气也暴，喜欢揍班上同学，经常见血。现在不比从前，打架是高消费，三凿辛苦赚来的钱，没少赔出去，还帮家顺转了两个学校（也靠我父走了江道新的门路）。

至于单妮，三凿说："我这个女，倒是罕见地懂事，见人随时都带微笑，老师个个夸她。"我住冷风坳时，常在院里摆酒菜，三凿两口子来，家顺不来，单妮不时过来陪伴。果然，她的表情阳光、明媚，微笑地看我们喝，听我们说。有时我们喝得来劲，她还配合着，主动斟酒，给我多来一些，给三凿少倒一些。三凿批评她："倒酒最讲规矩，一定要公平！"我就笑他上纲上线，他三两的量，少倒一些原本应该。我还夸这妹子做事心里有底。去年单妮身体忽然抽条，十五岁已经有一米六五。三凿两口子个都不高，显然是隔代遗传了三叔的基因。有一次她跟我说，班主任一定要她代表班级打篮球，但她拍球都会拍死。我说这，要说打篮球，你叔在全县都是狠角。有空我带你打。她说好，脸上又进一步灿烂。但她后面没提，我也把这事忘掉。

一年前单妮初中毕业，面临选择。她成绩不好，只想找一家无须考试的职业技术学院，读个三年五年，出来当护士或是幼师。女孩找工作，护士和幼师是最大路的选择，往往也最安稳。三凿为这事又找我商量，而我也捡了父亲的性格，好当师爷。那次，我俩关着门喝酒。

"你要劝单妮读高中。现在不比以往，至少要读个高中。大学来得容易，都在扩招，只要高中混到毕业，大学都有得读。"

"她自己不肯。"

“你们父母要拿主意，她毕竟太小。其实读什么学校，就是给自己贴一块什么样的招牌。”即使就我俩喝酒，还是咬起耳朵。“凿哥，我跟你往俗了讲，单妮脑袋不是很聪明，读书出不了头，但人脾性很好，长得又高又漂亮。对她来说，以后能改变命运的，就是婚姻……身份这东西，我们小时候不讲，只讲人人平等。当然，现在也这么讲，意思没有错，问题是，你肯信吗？事实明摆着的。以后要是有好小伙看上你家单妮，再一看她职院毕业，心里就打鼓。职院毕竟是什么也考不上的学生才去读，这也是明摆着的。你让单妮咬牙坚持几年，只要读到二本，以后谈起恋爱，可以选择的面就一望无际了。”

“一望无际？”

“就是……很好的人家，她也有资格嫁进去。都说知识改变命运，也有这个意思在里头。”

“看你讲的，那我们不就是《流浪者》那个世道？”

“你还以为不是？现在有个名牌大学，专门招一个礼仪班，招一帮德智体美劳全面发展的妹子，都是要备着嫁入大户人家。事情不是你想的这么庸俗，那些大户人家，挑个媳妇，都要比平常的妹子懂事，这才能保证家业兴旺。”

“我听你这话，倒有点像穆仁智，左手一根拐，右手一个筐。”

“你不爱听我也要讲。你也少拿自己当杨白劳，当来当去还真会当上。”

“妈的这世道，喝一个。”

三凿到底是听了劝，一定要单妮读高中。高中课程紧张，单妮考试排名往下掉得厉害，厌学。她跟三凿提过不读书，直接去打工。三凿不允许，单妮便也继续读。现在想起这些，我自问，当初是否瞎建议，那么单妮现在出事……我知道，这就叫矫情了，我哪曾真的把这事牵扯上自己？我只好冷笑。

正无边乱想，忽然，目光被几个人牵动。一个，两个，三个……后面又来一个，都是妇女，她们聚到百米外一个配电室后面，再走出来，就统一着装，换上蓝色护工服，还用长舌帽压住发髻。她们又鱼贯而出，整出一个队列。其中一个斜肩女人呵斥着一个胖女人，胖女人总喜欢把帽舌一撇，像嘻哈歌手一样偏着戴。斜肩女人两次将她帽子扶正，并提醒她“放明白点”，否则“你不想干有的是人”。再近一些，斜肩女人就噤声了。她们从我身边走过，往里走。

既然事情已有处理方案，护士再进来要求腾出床位，这边不好再拖。女眷们商量，由谁去买衣裤，由谁帮着擦洗身体、换衣服。这些都是女人做的事。买衣裤的女人已往外走，她们只知道城南农贸市场，那里有数不清的衣裤，看着都像刚上过油漆一样鲜艳，价格也不贵。这时那四个穿护工服的妇女呈队列走进来，又呈扇形散开。

斜肩妇女说：“你们不要动，这事我们来弄。你们出去。”

女眷们愕然地看着来人，她们统一着装，都用帽子压住头发，其中两人还戴着蓝色滤纸口罩。那半脸蓝色，给人感觉是刚消过毒的。

“你们可以出去。”斜肩妇女又说一次。

秋娥就问：“你们是哪里的？”

“就是医院的。这些事都统一归我们做，你们不要操心，到外面休息就行。”

这个在说话，另三个也不闲，她们围住那张床，用身体形成屏障，将单妮与众人隔开。她们个个戴起医用手套。女眷们看这阵势，看着对方专业的动作，自愧不如，阵列便显出松散迹象，有人准备往外走。

这时，我走过去。我准确抓住一只戴了手套的手，它正要摸向单妮的脑门。

“你们是医院的？”

“我们都穿着工作服。”

“你们是医院的？”

“把我手放开。”

“那你先不要动她，不要随便乱动，这不是开玩笑。”我头一扭，朝那边说，“叫个护士进来，问一问。”护士进来，还是戴眼镜那个，她倒直来直去，说：“不是。”斜肩妇女就冲护士喊一声：“小戴！”于是护士又说：“她们随时都在我们医院。”说完她就转身离去。

“……我们把这里面的……这种事情，都承包了。”不知什么时候，三叔身边多出一个老者，穿着医生一样的白大褂，但一部胡须把脸挤榨得可有可无。老者又说：“事情要讲个专业，我们就是专业处理这种事情，乐意为你们效力，你们用不着操心。”

“我自己的女儿，我不操心要你们操心？你们凭什么帮我操心？”秋娥说。

“管你们卵事！”三凿简明扼要地发表了意见。

老者习惯了这场面，只说：“我们确实已经承包下来。我们就是专业搞这一行，从穿衣洗澡、香火纸钱、入殓化妆到送人回家，我们都能弄好。我们有车，就停在外头，别的车不能送亡人。”

“你们要多少钱？”

三凿示意秋娥不必说话，女人一生气，说话总是不得其要。他问：“你们承包了？你敢说，把我女儿也承包了？”

但老者选择秋娥的问题回答：“这个你们也不要操心，情况我们都已经了解，钱的事我们直接和校方联系。”

一个女眷说：“两万块钱都给你们？”

于是，我又一次开口：“你们有什么资格和校方联系？丧葬费是由家属支配，你要是不清楚，我提醒你一下。”

三凿说：“你们可以走了。”

老者一怔，一时找不到理由应对。就在这一刹那，女眷们又拥上前去，把那四个着护工服的妇女挤到一边。她们不走，只挪到房间一角，在等待，也是窥伺。事到这一步，似乎剩下的口舌之劳都归于老者。她们站成一排，也摘除了口罩，我可以将她们作为一个整体打量，于是，一股诡异的气氛便扑面而来。我是说，这四个女人，身体总有一处突出的部分，比如说，斜肩、罗圈腿，或者并非怀孕而凸起的将军肚。如果她们任意一位，走在街上的人流中，也不会如何惹眼，但现在她们并排站到一起……还有，长相纵有差别，神情却意外地统一：虚白脸色，垂塌的眼皮，还有五官七窍处处皆在的呆滞。她们操持的是一份难以示人的职业，习焉不察的日常生活中，我们几乎从未意识到这一类人的存在。

老者很快缓过神，他绝非轻易打发得了的主。显然，在这支队伍当中，他的地位相当于红色娘子军中的洪长青。他沉默一会，准确地走向我这头，拨烟给我父、三叔和癞爷。只有癞爷接过烟，并朝我一指。是丑烟，三块一包的“大鸡”，不接过来便是狗眼看人低。我抽也不是，不抽也不是，说实话我调进城北工商所好烟还是管够，嘴巴抽细了。幸好老者的目标不是我。

“我也是佴城人，我也姓傅。”老者说，“不信可以看我身份证。”

我父说：“为什么要看你身份证？”三叔也补一句：“随便看人家身份证是非法的，要讲政策！”

老者一笑，把烟喷得一部胡髭满是灰，又说：“我们是给医院交了钱财，所以别的灵车进不到里面。我们交得不少，一天要合一百多啊，不容易。今天都到吃中午饭了，才……”

“这跟我们没关系。”

“是没关系，我就这么说说。”老者有了悲哀的眼神，默默抽一会烟。再一开腔，他眼神直勾勾看着三叔。“你们都是有身份的人，这些事，用不着自己做，我们更专业。”

“这些事情有什么专不专业？哪个妇女做不来？”

“你看，现在确实什么都要讲专业，跟以前不一样。就算种田，都有专业的插秧队、锄草队、灌田队和收割队，用不着自己样样动手，花点钱，具体每样事都比自己做得更好。”

癞爷说：“要是来一帮男的，有不方便，一定找你们。你看，今天我们也来这么多妇女，一个干两手，事事都妥当。”

“这毕竟是……毕竟不是人人都愿意干的事情。我们先前也不打招呼，闯进来，确实冒犯了你们。但是，就连这种别人厌弃的营生，我们还要想尽办法争取到手。你们看看这几个女的，全是猪不吃狗不要的剩货，她们只要能找到别的事情，哪肯来干这个？天天干这个，你以为男人不嫌弃，儿女出门不丢脸？只是为吃一口饭。”

老者眼光巴巴地看着众人。顺他所讲，我一想也是，那几个妇女，已经吃上这碗饭，哪里还有别的选择？有的人吃饱饭就去干理想，有的人理想就是吃饱饭，又何苦为难？众人沉默中，老者的目光又一阵搜索，接着他专拣了三叔，叫三叔垂下脑袋，耳语一番，如此这般。两人耳语时的样子引人注目，因为两人都是如此吃力。老者要捋开胡须找出嘴，才能清晰地讲话。三叔高老者一头有多，脑袋一勾，背脊就起一柱驼峰。

"三凿，你过来一下。你过来。"三叔朝那头招手。

三人去了卫生间。卫生间比通常的大，空空荡荡，如果外面有护士看守，人就得到里面吸烟。刚进去时，都听见三凿吼了几声，后面便静下来。过一刻钟，卫生间门一敞，三人又都走出。老者走在最后。"现在要换衣服，各位请移步。"老者发话。秋娥一脸的不解，三凿拽紧秋娥，随着人流渐次离开急救室。

6

我们待在门洞处，正吸着烟，五叔身形突然晃入眼皮底下。

我有一年多没见他，这时得见，他高一脚低一脚，竟是有点跛。才想起，三叔先前提过，为让小儿子李李及时结婚，五叔独自一人建了一栋砖瓦房。他性情孤僻从不换工，现在建房找不着人帮忙。下自打基脚挖硬土，上至毡顶加盖钢瓦棚，都他一人完成，磨磨蹭蹭两年多。本来，这两年里也不闪腰不崴脚，算得顺遂，房子建起后，他一只脚竟慢慢见跛。他也不去找医生，说自己一把年纪，任务完成，瘸条腿正好少走山路。其实他五十刚过，已然秃顶，看上去和我父也差不了几年。他现在既当外公又当爷爷，到了该享福的年纪，但有嫁接技术，憋得手痒，又出去找工。

同来的还有李李，我最小的堂弟，才二十冒头，一脸不想事的模样。刚才班车一下高速，五叔便下车，李李已经骑了摩托在那等，这样保证最快时间赶到市医院。“我来晚了！”这是五叔第一句话。三叔就答："没有人及时赶到。”五叔走到我父面前，叫一声大哥，仍旧一脸怯生生，仿佛一直寄住我家。我父嗯一声。接下来是癞爷，是三叔，重点是三叔，予以安慰。三叔说：“这个我想得通，是个撇（报应）爹的，没有办法。”三叔拍拍五叔的肩，也像是劝慰。

“不是这么讲，不是撇爹。她总有原因。”

“不这么想，还能怎么想？”

“事情弄清楚了？怎么先从单妮身上找原因？”

五叔三叔一个村住着，关系却不是太好，前面在处理我爷过世的事情上，就有争执。另外，我觉得跟我父也有关系。虽然都一屋子做兄弟，但关系有亲疏，三叔经常与我父喝酒说话，两家的来往自是更显着亲近。五叔性情孤僻不爱与人往来，加上陈年旧事压在心头，所以老认为我父有所偏袒，遇事说理向着三叔。毕竟一家人，一年总有几次碰头喝酒，说着话，起茬抬杠是常事。

但此时此地，三叔就提醒：“怎么没弄清楚？这毕竟是我家的事，你刚来，情况慢慢了解，少参言。”癞爷也补一句：“警察已经明讲，是自己从楼上跳下来！”

“好嘛，你家的事！”五叔仿佛如梦初醒。他左右看看，又问怎么不见三凿。癞爷就指一指不远处的门，说：“在里面。已经把人穿戴了，马上要抬出来。”

“包好抬出来？抬出来然后呢？然后怎么个弄法？”五叔一着急，讲话就前后黏滞，滚动播出。

“这还能怎么弄，先送回村里再说。”这时，只好是三叔发话。

五叔说：“单妮学校来领导了么？领导来的几个，来了校长么？你们这么快就把这事解决，那学校都承担什么责任？”

我父说：“这个你不用担心，刚才都已讲妥。学校虽然没有责任，出于人道主义，医疗费用、丧葬费用全掏，还要给抚恤金。”

“讲妥是吧？那好，讲妥都给多少？”此时，五叔直直地盯着我父，说话也是发冲，用佴城话说，杵头戳脑。我父一怔。此时，他定然没想到这老五——他曾视为儿子的人，突然在自己面前摆出这样语调。我父调整着自己，回答说：“医疗费不少，一万多，丧葬是两万……”

“这些都没用，这些都是花出去的钱。一条人命，他们到底赔多少？”

“……不说赔，抚恤金是四万。”

“不说赔，还是他们打赏的？”

癞爷拽五叔一把：“后面又主动加了五千。”

“四万又加五千，我的妈，四万五千。我没听错？”五叔眼皮子一翻，往上面看。此时天空，竟然明媚，一道道阳光洒布下来，但这时节，也生不出暖意。五叔又一个冷笑，并不吭声。“老五，老五！”三叔巨大的身形往这边挪，一手搂着五叔的肩。五叔甩开三叔，往病房里走，并叫喊三凿的名字。单妮已摆上担架，那几个穿护工服的妇人正待抬起。五叔抢前几步，一把摁住。

“放回去！”

于是又放回去。

三凿说：“怎么了五叔？”

“怎么了？怎么怎么了？”五叔手一指，“她是谁？”

没人回答。三叔总是慢一步，但不会闲着。他再次拦住五叔：“老五，你刚来，事情还没弄明白，不要多事。”

“我只晓得，一个活人，死在学校。这就够了。”

“你要搞清楚，单妮去了，我们家属是受害人，学校碰到这样的麻烦事，也是受害人。”

“好的，都是受害人，都吃了冤枉，那到底谁在害我们？难道是单妮？”

三凿说：“妈的刚才我也这样想，学校哪个狗日的再讲他是受害者，我就我就……”下面有人接一句：“叫他狗日的也跳楼！”

“哪个敢说是学校害死单妮？哪个站出来这么讲！”我父瞪着五叔，又说，“有事情先商量，你不要一来就把事情闹大。”

五叔又是一个冷笑，他说：“闹大就闹大。我可以摆明了说，警察要抓抓我，要死死我。”

三叔说：“不要动不动就讲到死。谁要你死了？”

“我们这些乡下人，再不敢死，只好一直被人当大脑壳摆弄。我有儿有女，我德行好，人丁兴旺，死了我也不亏。”

“单妮自己跳的楼，怎么是被人欺负？你把话讲明白。”我父意思还是要摁住五叔脾性，但话音已减小。此时，我父显然意识到，老五变得不一样。只是建了一幢房，怎么人的脾性也变了？乡下倒是有一种说法：娶一门亲，受三年穷；建一幢房，脱三层皮。

“怎么不是欺负？大家讲讲，死的要是城里人的崽，四万五，摆不摆得平？”

五叔竟然搞起互动环节，场面顿时炸开，在场众人马上参与讨论。有的说八万，有的说怕是要十万，有的麻起胆子说要二十万，就像拍卖不断竞价。斜肩妇女插言说：“上月永靖县有一个死的学生，也拉到这里，后来学校赔了二十三万。”这就不是猜，是明摆的事实。她们干这个，自然掌握更多的事实，而事实胜于雄辩，于是激发出更多诧异之声。

“二十三万还是打发老实人，要碰到有背景的，四十五万都摆不平。”

五叔的说法引发一片哗声。他口中道出的，显然比大多数人心中估想的数字更大。五叔又说：“单妮为什么在学校跳，不是在家里跳？学校不收钱吗？你收了钱，我一个活人送进去，你让人躺着送出来，你还说你是受害者？你没有责任？这还是人话？你们竟然肯信？三凿，尤其是你。”

三凿说：“我也是这么想。”

“你也这么想？对啊，你当然这么想。”五叔冲着三凿吼起来，两人默契地愿打愿挨。五叔嘴停不下来：“上次双洁就那么死，抬进手术室没一个小时就横着出来，医院竟然又是没责任。要是我在场，绝不会有这种事。”

“当时我在场！”三叔说，“是的，当时是我不准他们闹。双洁是我孙女，我是她爷爷，我会向着哪边讲话？到底医生有没有责任，我看得明白。”

“选你当个村长，你就真的把自己当成领导。向着哪边讲话，你自己其实也有点搞不清楚。”

我父说：“老五，你不要把事情越扯越复杂。”

“是的，总是我们乡里人把事情扯复杂，你们城里人就喜欢简单处理。”

“傅桐光，你什么意思？”

我父资深高血压患者，年纪纵有一大把，火气从来压不下去。我们——三叔、癞爷还有我，赶紧将身体拼接成一道屏风，将我父和五叔隔于两侧。我父怒目相向，但也没用力挤过去。五叔则收住嘴，闪入人群稠密之处。他要讲的已讲完。他拆一包烟，一包王芙，交给李李要他见人就发。五叔自己不抽。

高级中学的领导见事情讲定，又讲一堆安慰的话，稍后便有条不紊地离去，留了宋奎元陪同这边。宋奎元刚才还做解释，市教育局就在医院不远，领导要过去一趟，有别的事情着急处理。但是有人问：“是去吃早饭了吧？”刚才领导们也请大家出去吃点东西，估计到这时分，所有人都还饿着肚皮。宋奎元面露尴尬，说我也不吃的。

众人摆开等待的架势。宋奎元看一看这情形，便往外面走。有人在后面喊，吃完早饭就带点回来。宋奎元说好好。又有人说，多带一点。

宋奎元又说，好好好！走到转拐就将消失的地方，他还扭身朝这边，拱手作了个揖。

等得一会，倒是校长助理小满先过来。他从另一个方向来，医院也有类似商务中心的地方，提供打印服务。他写好了协议，打印成文，一边往这边走，一边还捧起来看看，敝帚自珍的样子。后来知道，二十分钟前他就写好第一稿，禹怀山瞅一眼，这里那里还有那里都不行，骂了他饭桶，要他改过来，再把全文梳理一遍，标点符号都务必标准使用。

后来，不消说，禹怀山为拖延这二十分钟悔青了肠子。

而从宋奎元消失的拐角，范培宗又及时地出现，抢跑几步，和小满走成了并排。然后，两人就到了一堆人眼前。小满不合时宜地笑一个，而范培宗，作为一个领导毕竟训练有素，他的不苟言笑非常适合处理这些突发事件。他从小满手中拿过协议文本，找准三凿，跟他说："这个你先看看，有什么不合适的地方再改。"三凿没接。范培宗似有准备，又转身递给三叔。

这时，三凿冲他说："不合适的地方很多。"

"呃，你讲你讲，小满你都记下来。"范培宗及时回到原处，看着三凿，眼内怀有期待。

"把你领导叫来。"

"我……你跟我讲就行。"

三凿便是一个冷笑，这样的笑，竟有点像五叔。三凿的笑，也像是放出一个信号，乡亲们会意，配合，或者像是捧场，纷纷地笑。且有人说："教导主任，敢把自己当领导。"又有人说："五把手！"

激起更多声部的笑。范培宗也赔一个笑，看看情势，还是转身去找三叔。三凿朝他背影提个醒：“字是要我签！”

三叔说：“三凿，少讲一句要死？”

“我不吭声照样要死。”

范培宗犹豫一下，还是把打印的 A4 纸递给三凿。于是，正如我与大多数人预料，纸被捏成了球，一个弧线飞向垃圾桶。又是笑，冷不丁地冒出，又悄不觉地戛然而止。范培宗看看情形，嘴里说好的好的，转身往外走。小满也走。有乡亲吹起一声呼哨，我一听是冰暴。冰暴豁牙，打呼哨有漏气的声音，却霸蛮地钝响。

三叔这时说：“三凿，我只问你一句，我讲的话你还听不听？”

“你是我爹，这次事情办完，回去你可以打我。”三凿一指病房的方向，“但我又是她爹，我不帮她申冤，就不是个人。”

“有什么冤情？”

“我冤了八年，双洁死的时候，我一声不吭。现在单妮又走了，我还要一声不吭？我还要等下一次？”他用眼睛在人群中搜寻，家顺还没赶来。

“你这么想，要出事。”

“我回去给你跪，这辈子你是我爹。”

众人又摆出等待的姿态。李李又一次发烟，我也走过去发烟。李李从右往左，我从左往右。人们接过烟，点上火，脚步轻微地挪动，可能每人皆是无意，但一圈烟发下来，再一看有了扇形的队列。不少人面部拉紧，像是要等待一场火并。跟红白喜事上放的港产电影不一样，即使面部拉紧，也拉不出酷炫狂踿屌的造型。平日他们只是一帮沉默寡言的乡里人。

再过一会，禹怀山领着学校的人，又走进来。他们有十几人，江道新已离开，但伍乡长仍紧密地站在他身侧。有两三人皆拎了便当盒，一盒重一盒。宋奎元端了一只大号铝锅，费力地端着，看样子是将哪家铺子一锅热粥包圆。有人和他搭手，他不要。他是体育老师。

这一头，五叔率先迎了上去，别的人也跟在后头。五叔腿脚不便，走得缓慢，后面的人也有意压住步子，只是跟随。于是，一个跛脚人打头，艰难的步伐，陡生一股凛冽。

## 7

三老坐在走廊的椅子上。我父、三叔还有癞爷，他们态度明确，没有加入那堆人里头。三叔还念念有词，不该拿的钱，打死我也不拿！癞爷拍拍他，这当口，最好是拿眼睛看，不必叨咕没用的话。我也没有过去，站在门洞，那里高几个台阶，看两伙人渐渐靠拢，视野能有整体效果。不是我不想参与，我清楚，此时我应该跟他们走在一起。但是，必须承认，我只是一个两岁女孩的父亲，突然介入一个十六岁女孩的死亡事件。这个上午，有些事情看上去仿佛明白，再一琢磨又总不得要领。

我不敢轻下判断，因为自己身处当事一方。我清晰记得两年前一件事情，在妻工作的县医院，突发一起医闹事件，闹得很凶。一个八岁小孩，割阑尾意外死亡，院方公布死因是“术中突发恶性高热”，并表示“出于人道主义给予适当补偿”。死者父母，老实巴交的农民，在乡亲簇拥下冲到医院，拉横幅，敲锣打鼓，哭天抢地……这样的事，我主要听我妻的说法，印象中，她也没少说她们医院的坏话，给我一个处事公正的印象。“……死亡原因是要有依据，哪能乱说？只要懂一点医学常识，就不至于闹事。”妻说得铿锵，我仍有疑惑，因为百度了一下。“恶性高热极为罕见，几率极小，全国只有几十例啊。”当时，妻乜斜我一眼说：“几率再小，撞上了也是百分之百！”这近乎诡辩，一时又找不出漏洞。我还是偏向于医院的说法，而死者亲属的医闹确实也在变本加厉，后来还不是警察摆平。有志愿人士掏钱，帮这意外死亡的小孩做第三方医疗鉴定。数月后终于有了结果，这小孩死于“术后猝死”，而医院先前给出的“恶性高热”未获支持。院方须对这起意外死亡事件承担全责，予以经济赔偿。后面县医院赔了一百多万了事，一条人命。

那以后，处于事中，我就会反复告诫自己：不要以为自己懂，不要不懂装懂。其实，你他妈确实不懂！

冰暴和莫生民冲我走来，不由分说，一左一右拽住我，拉我融进队列。

此时，两拨人已经碰在一起，其情形，既不像井冈山胜利会师，也不像港产黑帮片里的风云际会。面撞面眼瞅眼之时，彼此都有些哑然，毕竟，彼此都不是街面混混，想要发狠，脸上挤不出有威摄的神情。稍后，禹怀山说：“你们先吃点东西！”另几个老师便将一个个泡沫饭盒分发过来，殷勤、体贴。我肚皮不争气地叽咕起来，一打开，是两只包子。我闻见添了许多调料的猪肉馅隔着皮喷出的贼香。宋奎元用塑料碗给我们分粥。很快，响起吸溜粥皮的声音。到这钟点，人再硬挺，肚皮已经造反。

三凿两口子没吃，五叔不吃，还有李李不吃。李李来之前吃过了。李李在一片嘈杂的吸溜声中悠然地抽烟，有那么点遗世独立。

趁这工夫，禹怀山指使范培宗跟五叔单独讲一讲情况，范培宗又摆出刚才我们熟悉了的架势，随着讲述，一枚枚手指渐次屈起来。显然，这一阵他将整个事情又做了归纳，有了第一点第二点。五叔耐心地听，不时将头一点。

这帮干活的人吃饭快，饭后大伙自动聚拢到五叔身后，照样是扇形的排列，听范培宗到底要讲什么。

"……情况大概是这样。"范培宗滔滔不绝良久，煞个尾，抿一口自带的茶水。稍后又说："大家都是要讲理的，你也知道，你们死了亲人，我们学校失去了优秀的学生，同样难以接受，同样悲痛欲绝……"

"你们当官的悲痛个鸟，还妈的欲绝！"是冰暴的声音，就在我耳畔响起。

禹怀山个子最高，威严地说："有这么讲话的么？谁给你骂人的资格？我们不是仇家，我们是一齐商量怎么解决这个事情。"

三凿也说："不要把话题岔开。"

这样，范培宗得以往下讲。"我们学校的安保措施在全县都是做得最好，晚上有宿舍管理员通夜值班。但女生宿舍上千人，一两个管理员守着。谁又能在三更半夜守着她一个人，盯着她的一举一动？”

五叔不吭声。

“你说是不这个道理？”范培宗说着还把一只手往五叔肩上搭。但五叔就是五叔，他将范培宗的手隔开，并说：“不讲明天的事，只讲今天的。人是死在你们学校了，你认不认？”

“这个……这是当然。”

“那我再问你，我侄孙女前天赶到学校时，是活的是死的？”

轮到范培宗一声不吭，他猛然醒悟，刚才那一通苦口婆心，全灌了聋子耳朵。

禹怀山说：“刚才已经说好……”

“你们给钱了么？”

范培宗说：“你们还没签字，怎么给？一签字马上给钱。是这个程序对不？”

禹怀山马上补充：“我们把钱拿来，先给你们。”

“你的意思是，多少？”

“讲好的嘛，四万五，一分不会少。”

“四万五买我家单妮一条命？”

“话不能这样说，老弟。”

“我现在不要钱，我要一个活人！”

“我们都是过来人，不管什么事情，都要讲道理。”

“你有你的道理，我也有我的。我一个活人送到你们学校，现在要你们学校送一个活人回来，天经地义！”

“小兄弟，你的心情我理解，但人死不能复生。”禹怀山摘下眼镜，掏出手绢（一块手绢，而非餐巾纸）擦一擦。他又说：“我的情况跟你一样，去年，我儿子也死了，比你这个要大，还在广州读大学……”

“也是跳下来？”

“不，是得病，直肠癌。”

“是死在学校里面？”

“是在医院。”

“那你不要转移话题。”三凿再次强调，“不属于我的，我不会要。我只要一个活人！”

“那好，你说我怎么赔一个活人？你说得出，我就做得到！”禹怀山不比范培宗，一把手有一把手的硬气。副职总是负责委曲求全，正职必须在适当的时候拍案而起。禹怀山把眼睛一鼓，凛然不可冒犯的模样。但在那一刹那，我忽然感觉禹怀山并不是一个难对付的人。

三凿和禹怀山眼对眼脸看脸时，五叔也靠过去，和三凿并排，眼睛也瞪起来。禹怀山一只眼盯一个人，也毫不落下风。他个子和三叔有一比，比五叔高半头，比三凿高几乎一头。他要保持一只眼盯一个人的态势，脑袋少不得略微地一偏。

对峙之后，又是五叔率先打破僵局。“就要赔一个活人！”他的叫喊了无新意，问题是，他一手捏拳，举高了一挥。他那么一喊，有发号施令的意思，后面不少人便跟从，像是某种条件反射。

就要赔一个活人，

就要赔一个活人。

就要赔一个活人！

……

一开始众口不齐，喊声交叠零乱，稍微喊了几声，步调变得一致，声音和声音的重合形成声浪。稍微喊了一会，气势便落下来，声音渐低。五叔再次振臂一呼，后面的人又接上。

禹怀山示意安静，但他两只手做出的手势，比不上五叔一只拳。他喊了几嗓子，被范培宗和一个不知几把手的校领导拉住。五叔往前进一步，这边众人的阵形也整体往前推进一步，那边的人，只好往后退。

那边三老也没法坐安稳，这时已走到核心地带。我父说："老五，你今天是不是要造反？"我父这么说时，一枚手指当头指了过去。

"人死了都不能喊，还要等到几时才喊？"

"有理不在声高。"

"声音小了，这些聋子耳朵听不见。"

"你跟我走到一边讲。"

"就在这里讲！"

"老五！"我父好歹将声音压住，又说，"你今天最后听我讲一句，明天你认不认我这个哥，就是你的事。"

五叔还待争辩，癞爷一只手已经搭在他肩头，并把他拖向一边。癞爷年纪和五叔差不多，但有这样一个辈分，五叔多少还是要吃他几分脸色。癞爷拽一下没拽动，再次发力。五叔便像一棵小树，禁不住大风，多摇晃几下就松了根基。

与此同时，三叔也将三凿拉到月桂树底下。虽然想离人远点，声音倒听得清晰。三叔无非老调重弹，冤有头，债有主，自己再有痛苦，甚至是有冤情，也不能找不相干人的麻烦。三凿抗声说："怎么不相干？不扯上他们，他们这时会赶过来？"三叔作为多年的村干，讲理也头头是道，把那些领导赶来，讲成是体察民情，嘘寒问暖。又反问：“人家赶来你就讲是有责任，就找人麻烦；人家不赶来，你拿石头砸天？”

“他们就是有责任！”

“有什么责任，你跟我一条一条讲清楚。讲不清楚，你还闹，今天你从老子身上踩过去。”

“单妮是死在他们学校。”

“怎么死的？你先讲怎么死的？”

“反正是死在学校。”

“那你讲讲，到底怎么死的重要，还是死在哪里重要？公安破杀人案，是不是根本不要查是谁杀人，只管问死在哪里，死在哪个家里哪个就抵命？”三凿平日只会低头干活，讲理讲不赢，只好承认：“你是我爹，我讲不过你的。”

“那好，那就不要闹。”

“……只是，他们给得太少。一条命！”

这时我心口一咯噔，有同感。当范培宗主动表示加五千，那一刻，我便有怀疑，他们给少了。范培宗说这五千是领导的意思，也许是吧，但这钱总是要学校来掏。为什么要主动加这五千？我不惮于往坏处想，这叫做贼心虚。一个中学几千人，每年不是这个死，就是那个死，如禹怀山所说，学生的死就是个概率。他们对处理类似事件早有经验，我们根本没有。今天又摊上这样的事，他们心里面早已拟下了数字，这说明他们的确负有责任。但责任在哪里？我承认这也是很专业的事，超出我的经验范围。我只知道，四万五低于这帮领导心里的数目字，说不定，是远远低于，所以，这五千块钱欲盖弥彰。

我已百度不少关键词，没有找出相应的处理措施，稍后又想到老同学钟程。他早几年也在高级中学干过，似乎快混到教主（教导主任）的位置，因为有一阵“教主”是他最新一款绰号。但节骨眼上，高级中学一把手突然换成禹怀山，一朝天子一朝臣，钟程只好滚去县职业中学。电话打去，他不接。他经常半夜看足球，白天来补觉，生物钟紊乱。有时下午叫他出来喝酒，他惺忪地回，这么早啊？濒临倒闭的职业中学，不点卯不查岗，倒是由了他任性。

在我父和癞爷劝说下，五叔慢慢勾下脑袋，只管听，不吭声。那边也是一样。再怎么说，五叔不能不认大哥，三凿也不能从爹身上跨过——只要爹不死，他就跨不过去，死了也不能跨。他俩都变得安静——他俩都同时变得安静，别的人也不好再起哄。射人先射马，擒贼先擒王，这比喻并不恰当，但事情总是这样。两拨人像学生下课一样站在一起休息，都看向五叔，或者三凿。这样，大概过去半个钟头样子，我父走在前面，癞爷依然攀着五叔的肩，回到人群中心的位置。三凿的情况也是一样。

禹怀山就主动握手，握了我父、癞爷还有三叔。五叔不肯握。

三凿说：“我也没这个习惯。”

“那没关系。”禹怀山冲着三叔说，“我和伍乡长已经商量，鉴于你家的特殊情况，我就跟你来个痛快的。十万！”他还配以手势，左右食指在空中交叉。

伍乡长说：“老傅，禹校长什么样的人，我清楚。他做事一向都硬扎，讲话从不松口。”

“这个这个，我也来句痛快的……”三叔扭头，又冲三凿说，“十万。”

三凿啪啪地嘬一支烟屁股。

“十万。”三叔伸出两根食指，冲五叔交叉成十字架。

五叔回：“好多！”

禹怀山叫范培宗和小满赶紧将协议重打一遍，两人忙不迭地走。这一次丝毫不耽搁，转眼就回。三凿和三叔各捏住A4纸一角，一块儿看。

“可以签了不？”

三凿看了半天，抬头又看看五叔。五叔说：“这有什么好催的？”

这时，从急诊科走出一彪人马，为首的是男医生，一看至少是个科长。后面跟了护士，以及保安，保安有七八个。医生说：“已经一点过，我们一号病室你们已经占了几个小时，是不是应该把人先抬出来？”

禹怀山冲三叔说：“事情我们两边商量，不要影响医院正常工作。”

三叔一点头，连鬓胡的老者和斜肩妇女便又现面。他们五个人，一直都在，但只要没他们的事，便隐藏在所有人都视而不见的角落。这仿佛是他们必须谨守的职业道德。老者说：“还是我们来弄，你们尽管商量。”

三叔对五叔说：“说好了，现在不作兴自己动手，要有专业人士弄。他们有车，提供寿木。”

“才十六岁。”五叔说，“哪算是寿木？要叫棺材。”

“你讲了算。”

三叔一挥手，老者就带着四个妇女往里走。一辆依维柯开到台阶口。这车经过专门改造，前面留有两排座椅，后面全部掏空，后门打开，已摆有一具棺材，看上去比通常的要小一号。我知道，被包裹的单妮也会比以往小一号。我记得她细腿长身的样子。今年过年时候三凿问她要买什么，她想了想，说要高跟鞋。三凿不肯买，但他理由不是通常家长会说的“你正长身体，不合适穿”之类。他说：“不行，你一穿高跟鞋，就比我还高！”单妮笑一笑，也就放弃。

入殓之前，妇女们又放开了哭，那种满是乡野气息的哭。哭得不久，三叔冲她们说：“还没封棺，回去有得哭。先忍一忍。”

一停都停了。

纸和笔再次递到三凿手里。此时，三凿神情有些不一样。他一惯不知所措的模样，这时突然敛起，面部有坚毅的神情。

三叔说：“现在总可以签了？”

“我没签过字。”

“你会写字。”

“是不是要用这只手签？”三凿举起右手。

“你又不是左撇。”

“好的。”

三凿就将右手一直这么举着，走向那边花坛，随手就摸起半块砖。城南这些年日新月异地搞建设，哪里都不缺这半块砖。然后三凿蹲下去，将右手铺在地上，左手举起断砖一次一次往下夯。他口中念念有词：“看你妈的敢签字，看你妈的敢签字！”他砸自己的手，左手砸右手，右手很配合。

秋娥跑过去阻止时，三凿已经砸了自己五六下。

三凿站起来，再次将右手举高，像举起一面红旗。

## 8

小彤是开着车来，一辆宝蓝色雪佛兰，后面还跟着一辆丰田霸道。前面是小彤走出来，后面那车下来一个壮实男人，嚼槟榔，抽一支和天下，边嚼边喷。小车下来个娇小女人，SUV 下来个壮硕男人，配搭十分妥帖。

我已有好久没见到小彤——三年，或是四年。她是我最小的堂妹，但是这么多年，几乎是几年能见一面，几乎没跟她说过话。在她小时候，我能每年见到。那时我们爷爷奶奶都在，过年要聚一起吃团圆饭，三叔五叔都来，带着各自子女。我父照例要发压岁钱，叫这一帮侄儿侄女排好了队，排队时就不忘应景地教训起来：大的让小的，小的先来。李李是最小的一个，欢天喜地跑过来拿钱。

“我是谁？”

“你是大伯。”

“声音小了，听不见！”我父手搭在耳郭后面。

李李就扯起嗓门喊：“大伯！”

“好的，李李听话。接压岁钱时，你要跟大伯讲什么？”

“恭喜发财！”

“你大伯能发什么财，呵呵。拿去，少买鞭炮。”

家族内的小孩发钱，外姓的就发糖果。一过年，乡下小孩都盼着城里亲戚回乡探亲，他们都不会空着手来，他们都是衣锦还乡。我父从不会将钱或者糖果一把塞过去，会将每个小孩都盘问半天，细细打量他们渴望又无奈的脸色。说实话，我在一旁看得难受，我知道乡下小孩想拿到糖果或者一点压岁钱，要付出怎样的心理成本。但没法和我父理论，这可能来自于他本人童年期的经历。从小到大，父亲经常跟我讲起他童年期受过的窘迫，试图让我珍惜眼前的美好生活，但我往往珍惜了数秒钟，生活依旧了无生趣地续杯。

轮到小彤拿钱，她通常见不着人。五叔难为情地说："这妹崽怕生，有钱也不好意思拿。"我父说："叫她来。她人都不来，我怎么给？""我去叫。"很快，屋外响起了五叔的叫唤，从洪亮变了凄厉，还带了愤怒，小彤仍是不露面。最终，我父也没法，将小彤那份递到五叔手里，要他转。其实压岁钱一无例外都是家长代管，小彤大概早已看透。

小彤初中毕业，想出门打工，我父叫五叔死活将小彤劝住。我父说："才十五岁，怎么进入得了社会？这是造孽！"五叔说："不怪她，我自己读书都读不上去。"我父说："我帮她找个学校，先拖她几年，拖大了再说。"他又走江道新的关系，让小彤就读市里的商专，学会计。小彤有了会计证，大施手脚，几年之后便在几个公司里面挂职，同时挣好几份工资。二十多岁，小彤就成为蔸头村最有出息的年轻人，乡亲夸她，都说："一个妹崽，比她大伯更有能耐。"而我父慢慢看出来，小彤对他并无半分感激。"是条白眼狼。"我父说，"要是没有我帮她，她在外面打几年工，长得又有模样，说不定早被人拖下水了。现在既不来看我，撞了面喊都不喊一声。"我父深深地失望，他印象中，乡下人更善于挤出一脸感恩戴德的表情。我不这么看，乡下人也不能一概而论。小彤显然是条狠人，从小就是。这样的性情，不容易感恩戴德，只会痛恨命运不公。

和眼下的成功女性一样，此时小彤浑然一体民族风，身上有大红大绿的颜色，手上有好几串材质不明的手串，脚上蹬一双尖头的绣鞋。那男人脖子上的土豪金照例肥硕，随时贴在小彤身侧，粗手大脚，却又透着体贴和周到。小彤几时谈了男友，我也从没听闻。我们两家几乎是断了消息。

小彤先是走到五叔面前。五叔言简意赅："单妮死了，他们学校就赔四万五，现在加到十万。"

"加到十万。"

"他们认为十万很多，简直是仁至义尽。"

"仁至义尽。"

"这种事情，你也知道，我们乡里人只要不敢吭声……"

"他们哪个讲了算？"

五叔指一指禹怀山。

"叫什么？"

"禹怀山，高级中学的校长。"

"好大哟。"

小彤冲禹怀山走去，那男人紧紧跟随。刚才我听五叔叫他"三皮"，估计牌桌上混来的绰号。显然，刚才五叔用一招缓兵之计，所以三凿一只手光荣地负伤。但这争取到了时间，小彤得以从繁忙事务中抽身，并及时赶到。小彤完全可以当成男人用。

小彤走到禹怀山面前，禹怀山脑袋自动勾了下来。三皮挨近了后，禹怀山的脑袋又抬起来。李李也赶紧往那一堆人里走。这个既是他姐姐，又是现任老板，亲上加亲。三皮和李李左膀右臂一般站在小彤身后。

小彤就开了口：“你自己是哪个学校毕业的？”

“你问这个干什么？”

“老娘要弄明白，哪个学校哪个老师教给你说，一个人死了只值十万。”

“按年龄，我足够当你爸爸。”禹怀山沉痛地说，“你要是来讲道理的，我们就往下谈。”

“你配吗？”小彤笑。

范培宗挤了上来：“小姑娘，我还不知道你是谁，但我们都是你长辈……”

兵来将挡水来土掩，三皮赶紧去用肚皮顶范培宗。小彤一拽三皮的皮带，稍一用力，三皮就往后退，仿佛小彤天生神力。小彤说：“没你什么事，你站远点。”三皮说：“你是个女的。”小彤扬起声音说：“未必哪个敢打我？”三皮闻言点了点头，脖颈后面的肉便一耸一耸。

这边正待热闹，又陆续有人赶到。小彤和禹怀山一撞面就不合拍，正好稍做歇息，看新人闪亮登场。一个骑着野狼摩托的男人，将车停在离人群不能再近的地方。车屁股绑有巨大的酒桶状的东西，其实只是个音箱。可想而知，车主平时也是一路制造噪声。那是小姑的女婿肖石辉，以前见面我俩也打招呼。他叫我淼大，我叫他辉哥，英雄相惜的调调。我一直不知他干什么，这么多年，没听人讲他上过班打过工，或是做生意，手头却从不缺钱。人倒是仗义，有时候我遇到个事，他一听到消息主动把电话打来，问我，森大，要不要我帮你喊两车人？

肖石辉一来，场面一时安静。他骗腿下了摩托，个不高，打扮也属平常，但就是引人注目。他眼很凸，却空洞无物，给人感觉随时会干一些意想不到的事。这回他不好造次，被岳母娘吩咐过来，情况并不清楚，要先找人问一问。他看到我，就朝我这边走，问我怎么回事。我怕自己讲不明白，事实也是这样，我一直在看，在想事，就是要搞个明白。我叫他去找别人。于是他去找别人。

经过这次打断，禹怀山有机会坐到花坛上抽烟。他脸色苍白，范培宗要递烟，要帮他点，他严词拒绝。他手下人多，一旦交锋，却又变成他一人。像京剧里面的阵仗，两个将军各自带着一彪人马，鼓乐响起，将军搞单挑，属下全在一旁吆喝闲看。

大门处又走入一个矮胖女人。我一眼认出来，是三凿的四姨、单妮的姨婆杨环秀。杨环秀是个能耐人物，四乡八村的人都知道她名头。她家住在水汊口，和莞头山上山下相望。数年前，县城一家化工厂迁至水汊口，排污把鱼虾弄死，连河底卵石都逐个变褐、变黑。是杨环秀起头，联络了水汊口仅有的四五户人家，到县城不断上访，最后是请人在晚报发了文章，将这事情彻底造大，导致化工厂搬迁，去污染更偏僻且没有杨环秀这号恶人的地方。那以后，村里人把杨环秀当成杨青天。

杨环秀一来，是有名人效应，人们隔了老远叫她杨总。她没法像平时一样和蔼可亲，一一回应，只是伸手招了几招，气场便远远盖了前面肖石辉。挡在她前面的人自动闪开，辟出一条路，径直延伸向禹怀山。杨环秀离禹怀山还有两三丈，他就站起。杨环秀却不是冲着他，左右看看，随口就问："单妮在哪？"前面的人又重新让出一条通向依维柯的路。杨环秀脸上涌出许多悲伤。

这时候，又有一个妇女朝这一大堆人靠拢。我还以为又增加了个火力点，一看瘦高身影，只能是舍管员欧春芳。她仍旧一脸忧戚，看上去定是死者家属。

杨环秀的哭声像一顿沉闷的鼓，不是很响，却激起与之不相称的一片声浪，涟漪一般一圈一圈散开，钻进每个人的耳朵眼。虽是初次听她哭，入耳又觉熟悉，先前已听过传闻。她男人雷猛子，性情粗暴，既然娶到一个老婆，本想有事无事打着解闷。杨环秀矮肥，一看就是上好的移动靶。婚后没恩爱几天，雷猛子就拿她开练。杨环秀知道还手会挨更多的打，没用，便哭。哭声起初也不大，没想后劲十足，隔河的朱家和山背后的孤老石老六听得一样清晰。她可以哭上整夜。后面她跟人说："谁打我，我就给他哭丧，越哭越来劲，想停停不了。"雷猛子终于受不了，再听她哭，就往屋外跑。屋外是条河，他一头扎进去，潜进水底，耳朵才消停。雷猛子还跟人解嘲地说："这婆娘哭起来有用，第二天一早，河边总是能捡到一堆死鱼。"后面两口子感情很好，杨环秀要雷猛子抽三块钱的大鸡，他就绝不敢抽五块钱的盖白沙。

在这敲闷鼓般的哭声中，高级中学一干人等都坐不住，站直身子，围作一团，一齐朝着喷发声音的依维柯张望。小彤此时也退到一边，双手交叠在胸前，后背倚着三皮。她是狠人，更是明白人，既然杨环秀出马，就不劳本尊了。

杨环秀的哭声带动了别的妇女一齐哭，既有鼓动，又有胁迫。本来，这帮妇女个个都是哭的好手。当她们都被带动起来，齐声哭泣，杨环秀便将自己哭声打住，下车，由秋娥带领，走向她应该就位的地方。人群又紧了紧，围成圈。

## 9

三个老汉默默坐到走廊里。杨环秀来时，三叔就皱起眉头说："她来了又要当领导。"这么多年，三叔一直对杨环秀心存忌惮。三叔和三婶结婚数十年，纵然都是老实人，少不了会有龃龉。三叔一张嘴到哪都要聒噪，三婶却是一个闷人，所以一旦闹起矛盾，看上去就是三婶吃委屈。娘家人要给她撑腰，只好这个杨环秀来，指着三叔的鼻头就骂开。三叔一开始还要争辩，慢慢也就由着杨环秀数落。客观地说，三叔两口子这半辈子过去，都还风平浪静，杨环秀功不可没。

刚才在众人簇拥下，杨环秀朝着禹怀山走，别的老师又摆出掠阵的表情，禹怀山只好扔了烟屁股，硬起头皮。三叔就嘀咕："环秀是个人来疯啊，摆起这么个阵势，她都敢咬人。"他毕竟是富有责任心的村干，正嘀咕着，人便往那边走去，拦住杨环秀的去路。

"环秀，事情已经讲清楚……"

杨环秀收住脚："你往一边站。"

"环秀……"

"让开！"

三叔一怔，杨环秀身体看似在滚动，却像一缕风从他身边绕过，走到禹怀山面前。杨环秀和禹怀山对视起来，身高落差加长了目光的距离。杨环秀有几秒钟只是瞪眼，像是突然忘了如何开头。这时三叔拽她一把，正好让她有开口的机会，索性扭头过来冲三叔说：“你有什么用？塔佬，你自己说你有什么卵用？”

“环秀，你跟我讲话怎么能带臊（脏字）？”

“又不是头一次，你自己都搞不清，只好由我当着别人打你脸。”

杨环秀要打三叔的脸，除非跳起来。我相信她跳得很高。

“我怎么不清楚？”三叔喃喃地说，他已习惯性被杨环秀压制。

“孙女都死了，你自己是哪边的人都搞不清楚。你滚一边去。”

“你怎么……”

三叔的话还没说开，癞爷就架起他一条胳膊，另几个乡亲又架起他另一条胳膊，拉着往后走。仿佛是在扯劝，其实有人心向背在里头。三叔哪能不明白，便也不发力，任人拖走。走离人群，便只有癞爷和我扶着三叔。癞爷此时说：“你也是不看场面，人家在帮你家争，你自己却还拖后腿。”三叔说：“不该拿的钱我绝不拿。”癞爷便说：“不该拿的钱？你这一辈子就没拿过钱。”

杨环秀到底是见过世面的人，刚才把架势拉起来（所有人都如此配合着），仿佛一场遭遇战在所难免，其实只是虚晃一招；一转眼，她却和禹怀山摆起交心的样子。禹怀山勾起头，两人不紧不慢摆起道理来。围在旁边的人，慢慢也就散开。双方看似亲切交谈，谈的却是一条人命值多少钱，彼此自是不敢掉以轻心。看这情势，要拖不短的时间。

这当头电话又响起，是碧珠打来。

“怎么了？”

“单妮的病历我拍到了，用彩信发给你。”

手机屏忽闪几下，一页病历纸呈现眼前。平时我认不出医生的字，此时全神贯注，我仿佛无师自通考释甲骨文。病历上这么写：头部七窍流血，左枕部肿胀；双眼熊猫眼征，左耳后乳突区皮肤有小片状青紫，为颅底骨折的征象；双眼圆瞪，瞳孔始见散大，未固定。胸廓严重变形，挤压后可听见骨擦音；腹部皮肤膨降，挤压有振水音，考虑肝脾内脏破裂出血所致；骨盆挤压后有骨擦音，应为骨盆骨折；大腿见假关节形成，为骨折所致。综上应为身体左侧平行着地。心跳紊乱，颈部动脉、腹股沟动脉扪及微弱脉搏……

有些字结合前后文意蒙出来，所有的标号都是一个点，但意思很明显，我一个外行也一眼看出来。我把电话打过去，问碧珠：“这么看，送到你们医院，医生一眼就得出结果。”

“必死无疑。”碧珠说，“到市医院竟然还有一口气，他们又多赚了一笔钱。”

“一万多。”

“他们有安保搞得好，敢收治，我们医院不敢。接这样的病人，一般都是惹祸上身。”

“也未必，医疗费是学校出。”

如果死在半路上，市医院就没有理由进行最后的抢救，他们最后要做的，仅仅是让家属看到他们已尽力而为。其实学校何尝不需要这样的场景？这厢已然悲恸，那边却做了一笔不错的生意，一个愿打一个愿挨。

来不及多想，那边的谈判似乎再次陷入僵局。杨环秀的声音陡然高拔，禹怀山也并不镇定，回以咆哮。我赶紧往那边走，人群已重新聚拢。我挤入人堆，见杨环秀已一手拽住禹怀山胸襟的衣服，禹怀山把身板一挺，杨环秀两只脚就得踮起来，但她手上有劲，拽得铁紧。

她说："灵堂就要设在你们操场。"

"操场要上体育课。"

"设在你们学校大门口。"

"你放开！"

"有种你推我一下试试。"

"你就是个泼妇。"

"你们有文化，弄死别人家孩子，还假装自己是受害者……"

也有一个老师试图救驾，想将杨环秀的手掰开。杨环秀冲他喊："你们人多是不是？你们仗着人多是不是？"

禹怀山冤屈地争辩道："到底哪边人多？"

一旁肖石辉冲那救驾老师喊叫："把手拿开，我俩单挑。"

那老师愕然，手却不松，掰得更使劲，几乎掰开，但杨环秀换一只手，又拽起禹怀山的衣襟。那老师继续掰，即使像猴子掰苞谷，也要掰。肖石辉就喊："你妈的来劲了是吧？"他冲过去揎了那老师一手，老师扔不撒手，肖石辉拳头就挥起来，予以恫吓，似乎开始倒数三个数字。肖石辉手上没轻重，我堂妹两番住院，他事后总是争取一个态度好，跪地上把老婆接回家。我早盯着他，心想着自己也该发挥作用，纵无能力把事情解决，却有义务不让事情变得更糟。以前打球的底子还在，我挤过去，趁肖石辉还没数到三，情绪正持续高涨，出肘自后面勾住他脖子，掰歪，先卸掉他的力气，再将他拽出人群。

“怎么了哥？”他一脸壮志未酬。

“你现在打人，就是打钱。”我给他拨烟。

还有几个老乡围拢，从我这自行拨烟，纷纷表示赞同，并冲肖石辉说这时候不能打架，要打也等到对方赔够了钱。

“赔了钱更不能打。”我提醒他们，“打人就是犯法。”

他们也纷纷表示赞同。

杨环秀仍在和对方力争，不说钱，只说要求死者要在高级中学停灵三天，要全校同学参加追悼会。对方当然不同意，反复声明这会影响学校正常的学习安排。双方时不时飙出高音，杨环秀也想继续拉扯对方，但范培宗和另一男老师护在禹怀山身前，杨环秀很难触碰到对方。

“你看好了，”我跟肖石辉说，“说归说，动手是女人的拉扯，人家都有分寸。就你一把年纪，手上还没轻重。”

肖石辉笑，说这些都没鸟用。我问这话怎么说。他说不专业。我问你动手打人很专业？他就不吭声。他一般不服哪个管教，在我面前算得驯顺。他以前看我打篮球的时候才长毛，没想后面变成我堂妹夫。这是他结婚那天，酒一喝多，趴我肩头上说的。

我拽他走到三老面前。三老一直坐在廊道的排椅上，看着那边，讲着人心不古的话题。肖石辉跟三叔说：“三叔，这样搞不行。”

“要怎么搞？”

“环秀姨是有本事，但她一个人闹不出动静。搬尸体都有专人弄，这种事更要找专门的人来弄。在这市里，和医院闹事最厉害的是古塘冲和道井乡两拨人。他们什么都干得出来，敲锣打鼓放炮放铳，还有滚钉板喝农药，医院领导见他们就软脚。”

癞爷说：“我也听人讲过，他们是要分成。”

“一般是要四六，有熟人领路，三七开也能行。”肖石辉又说，“他们一闹没有大几十万下不来，分成给他们，到手的也比自己闹要多得多。”

我父说：“都成什么社会？”

“小辉！”三叔说，“你是没读过书的人，不要乱出主意。没文化，就晓得滚钉板喝农药，这些人家不怕。”

“我把他们叫过来，你看医院怕不怕。”

“不要叫，千万不要把你那些黑社会还有无赖的朋友找来帮忙。我们丢不起这个脸。我们不涉黑。”

“三叔，电视里面都讲，我们没有黑社会。”

“不要讲了。”三叔说，“当年小娟嫁你我就不同意，果然。只要你不打得小娟住院，就是帮我傅家的忙。”

“……都是过去的事。”既然讲到这份上，肖石辉往下也无话可说。

那边时而激烈时而缓和，杨环秀精力十足，一个人对付好几个。小彤和三皮站在一旁只是掠阵，不敢冲突杨环秀主角的地位。禹怀山、范培宗等主要领导已经坐到桂花树下休息，抽烟，或者凑近了耳语几句。既然是扯皮，免不了会陷入拉锯和僵持当中，双方都要有充足的心理准备。

## 10

激烈的场面对彼此都是巨大的消耗，稍后便形成僵持，展开漫长的谈判。在这个过程中，谁更沉稳，谁仿佛就有更大的胜面。

杨环秀绝不是个冲动的泼妇，她更擅长与人促膝谈心，她有足够耐性。那边的情况我们都看在眼里：禹怀山和范培宗轮番上阵，杨环秀却是独自担当。有时候，我觉得禹怀山不耐烦了，口渴了或者是想抽支烟了，便故意把声调拔高，范培宗便心领神会，赶紧过来把禹怀山替下。反之，范培宗则不敢拔高嗓门示意换人。禹怀山抽几支烟，屁股在花坛上挪了几个地方，确也无事可做，这才走过去把范培宗替下。肖石辉或者小彤要上前去助阵，杨环秀一无例外挥挥手。事实上，这让杨环秀越来越显得气定神闲。这让我想起小时候听到爷爷的一种说法：老两口推磨，人越推越累，磨越推越转。这是口耳相传的古训，杨环秀肯定打小听过，所以，碰到这样的阵势，她非常知道，怎样将自己变成一盘磨。

小彤发现自己无事可干，坐三皮的车离开，雪佛兰仍留在院内。我估计她是去吃饭。肖石辉也发现自己变成一个闲人，无用武之地，就朝我们这边来。他问我：“淼大，这事情到底怎么搞？”

“你讲，你讲。”我只有拨烟。

“好像有点僵，看上去收不了场。”

“肯定收得了场。所有的看上去收不了场，都是为了收场。”

“……淼大，你讲话总是有道理。”

我敢保证肖石辉搞不懂，因为我自己就没搞懂。

那辆大切诺基开进来，跳下三四个人，朝我们这边走来。我正对医院大门，看得清楚。天已有几层黑，每吸一口，火头蹿动便会在视野里一晃。肖石辉没注意到，但我凭穿着打扮，感觉那几人冲他而来。果然，这几人为首的，在傍晚时分戴墨镜的细高个，走来用鞋尖踢了踢肖石辉的屁股。肖石辉刚要爆粗，扭头一看，将脏话全吞回肚里，叫一声：“麻老！”细高个在他们那堆人里头，肯定辈分极高。

麻老说：“找你半天，去打牌。”

“有事。”

“有什么事？”

肖石辉不吭声，他定是在考虑麻老为何如此精准地找来此处。此前他又没打他电话。肖石辉脑袋不算好用，但天天在街面混，多少看得出事情，索性不吭声。人们以为沉默是一种难得的动人的品质，我觉得还谈不上，沉默很多时候其实是你确实不知道说什么。场面一时冷寂，麻老以及排列在他身后的三人，都齐刷刷盯着肖石辉。在傍晚的暗光里，他们几个人的眼神都很有神，搅成一股，抽在肖石辉脸上。肖石辉站起来，指着我说：“麻老，这就是淼大，以前打后卫整个佴城……”

“不闲扯。”麻老说，“我为你的事专门出来跑一趟，桌面上亏了多少牌钱我都不计算了。我带你去认识一个哥，你一定要认识的哥。”麻老拽住肖石辉一只手。麻老的手像女人，细长，指节上套了数个戒指，戒指都很大很厚且有棱角，是否打架的时候能当成拳心用？我搞不清楚，反正偌大一个肖石辉，被个头只他半爿的麻老牵走。禹怀山还在花坛上挪屁股。麻老将肖石辉带到禹怀山面前，禹怀山站起来，试图握手，麻老却阻止他俩的手握在一起。他要肖石辉打立正，恭敬地叫一声，禹老或是怀老，总归不能叫山哥。我们听不清楚，只听到昏黑中肖石辉叫了几声，一声比一声大。同时，几步之外，杨环秀声音忽然飙高起来，可能因某事扯不拢，吼骂范培宗，范培宗一味地赔笑。

肖石辉耷着脑袋又走回来，冲我说："淼大，家里还有些事……"

"你忙你的。"

他后退几步，一转身快步走出医院大门。

我并不担心肖石辉的离去，但眼皮开始抽起来。我看了看杨环秀，她用不着抽烟喝茶喝咖啡嚼槟榔，精神永远都这么饱满，简直抖擞。毫无疑问，我们这个世界是为精力饱满之人准备的。通过肖石辉的离去，我看出来，高级中学养了那么多老师，解决问题未必里手，但一定将杨环秀的户籍档案个人经历查了个底朝天。事情如我所料。天色进一步地黑下来，趁着夜色，又有一对退休年龄的夫妻走入，和高级中学的人个个打招呼，接下便一左一右夹着杨环秀说话。他们显然都是熟人，杨环秀变了一副脸色。医院不知几楼的一个大灯洇出的灯光，照亮杨环秀半张脸，我们都看得出这份熟络。

眼下的问题，却是吃饭。我们在市医院的院子里待了整整一天，只在下午吃了些面食和粥。囿于哀伤的气氛，当时谁都是敷衍似的吃几口，此时都已饿得不行。黑暗中，宋奎元以及欧春芳再次出现，每人手中一个大塑料箱，里面装着堆堆叠叠的盒饭。现在商家的品牌意识都增强，盒饭也弄得跟生产线上造出来一样，还用不干胶贴了店名和联系电话。豆腐酸汤密封在印了“烧仙草”字样的塑料杯里，可以倒出来喝，也可以插上吸管像可口可乐一样吸溜。

“都这时候了，先吃饭。”宋奎元发一份饭，将这话重复一次。欧春芳专给女眷发饭，时不时说：“只好请你们吃盒饭。”有的女眷还回：“挺好挺好。”

花坛和两小块绿地上坐满人，乡下进城做苦力的人，吃起盒饭个个熟练。空气中飘逸着盒饭的味道，浓烈、张扬却也是十足廉价。据说地沟油也是很香，且香得贼腻。饭已吃开，咂嘴声串联了起来，总觉得，还少些什么。我正在考虑这个问题，宋奎元又拎出一袋二两五的酒，稻花香，小批市里买来六七块一瓶。他是个周全的体育老师，走动着发酒，酒瓶在塑料袋内碰撞出很好听的声音。“要吗？要吗？”他拿出酒来在农民兄弟眼前晃动。没有说不要的，大多数人憋住自己，不好说一瓶真是不够。这帮干苦工的汉子，包括一些女人，晚上正是靠一点点酒精舒筋活络，换来些许的轻松畅快。

三凿不吃饭，秋娥也不吃。他俩坐在一丛修葺为球状的万年青一侧，神情皆是呆滞。宋奎元拢了过去。“……事情已经这样了，饭总是要吃。”他把盒饭递了过去，又说，“接下来事还很多，整个晚上都是休息不了，你必须吃点饭。你俩已经一整天不吃饭了。”欧春芳也把盒饭递到秋娥眼前。我作为亲戚，也过去劝几句，但心里是想，在这时刻，他两口子简直是不能吃饭。怎么能吃饭呢？吃饭似乎足以说明，人已从悲痛中缓过劲来。这当然不行。

他俩不吃是表明态度，劝他俩吃却是我们应尽的义务。很多事都这样矛盾重重地展开着。冰暴过来。“……我知道你想吃的，不要不好意思。天塌下来，饭都要吃。”冰暴还把盒饭打开，饭菜此时依然氤氲着热气，递到三凿面前，还晃几晃。“猪脑壳肉咧。”冰暴继续说。猪头肉的香味，天生像是被下了卤，且被冰暴最大限度地晃出来。三凿悲哀地睃一眼，很快又捋回目光。“冰暴，算了吧。”这动作近乎恶作剧，我看在眼里愈加难过。一计不成又生一计，冰暴拿出酒，拧掉胶盖，递过去。三凿每天都喝酒。酒和饭不一样，再难过的时候，也可以往肚里灌。三凿接过去就喝，似乎想一口将一瓶造完，但他酒量不行，一下子被酒呛了。白酒呛入肺，异常疼痛，三凿抚着胸口喘粗气，好一会喘平，再将剩下的酒一口抹掉。然后他哭起来，声音低沉喑哑，还挟带着肺的疼痛和胃的痉挛。

“算了吧算了吧，让他哭一会。”

吃盒饭这一会工夫，那边情况也有了变化。除了那一对夫妇，杨环秀身畔还多一个女孩，二十上下的年纪，穿得清爽，背着一个双肩包。我不认识这女孩，去找癞爷打听，他也正好走来。黑暗中我俩碰在一起，退到一处墙脚。

“是她女儿。”癞爷往那边一指，指向模糊。我知道他是说杨环秀，顺嘴说：“都这么大了？”我对这女孩没有印象。

“……名字像是叫宝英。”癞爷又说，“在广东民办高中教了两年，今年想调回来。那两口子，男的以前是宝英的班主任，正在帮她进高级中学。以前杨环秀还没赚到钱，宝英是贫困生，经常住到班主任家里去。那两口子倒真的是好人。”

“明白。”

“没办法的事情。你是杨环秀你怎么办？”

我俩抽烟。我知道，事情只能这样，两边僵持到现在，拆招解招，其实已变成一帮泥腿子和全县最高学府比拼社会关系。高级中学一帮领导的策略很简单，擒贼擒王，对方所有活跃分子，他们皆找得到人搞一对一的防守，严防死守。虽然招式用老，动作难看，但就是管用。

杨环秀难得地沉默，坐在花坛，双手无措，偶尔用拇指食指卷动额头一绺头发。卷到最高处，再一圈圈放开。她女儿显然继承了她很多优良的品质，坐在她身侧滔滔不绝地讲，天生就该站在三尺讲台。稍后，杨环秀朝这边走来，她女儿一定要扶住她的左臂，这样她就显得有些蹒跚。

这对母女径直走到三凿两口子面前。

“三凿，这事情人家也是尽力想帮，学校也不是有钱的单位，你知道。我争了半天，他们答应给十二万。你看怎么样？”

三凿喃喃地说：“一条人命。”

三叔也适时走过来，叫声环秀，又叫声宝英，然后说：“你们辛苦了！”

“不辛苦，应该的，碰到这样的事。”杨环秀又说，“塔佬，十二万。刚才四万五的时候，你们差点也签字了。”

“我知道。你有事你就先去忙，这里照应的人很多。”

“讲什么话呢？我是单妮的姨婆。”

“你一直还没吃东西，先去吃东西，要有什么事，随时可以打手机。现在有手机，真是很方便。”

“是啊，真是很方便。”

杨环秀母女离开医院大门的时候，禹怀山、范培宗也坐上车走掉。这几个领导毕竟把几块难啃的骨头都啃了下来，现要找个地方补吃晚餐。或者，下属会知冷知暖地建议，是不是搞两盅？或者禹怀山说不了不了，那边叭地一撬，一瓶好酒打开……“想什么哩？”冰暴把一瓶“稻花香”横塞到我手里，咣地一撞，他一口下去空了半瓶。

## 11

钟程将电话回过来，我看看时间，八点十二分。好家伙，这是他的晨起时分。虽然黑白颠倒，他倒是记得回我电话。

“早啊。”我问候他，并习惯性走出人群，去往僻静之处。

“今天稍微晚了点，几个电话，催命啊？有什么吩咐？”

“高级中学今天凌晨死了个学生，是跳楼。”我再走几步，又说，“是我侄女。”

“亲侄女？”

“这个没有干亲。”

“事情有点大。”他喃喃地说，显然没有完全醒转。他总是要望向窗外，花好一阵分辨晨昏。我提醒他要不要洗把脸，用冷水，再给自己贴两个耳光。他说，你说你说。接后是淅淅沥沥的声音，和冲厕所水流的涡旋之声。我说我等会再打，挂掉。他再打来，一口嗓音已然还阳，且显得低沉。“他们把照片都发出来了，现在学生也个个有手机。这样不好。”他感叹着。微信上的消息错讹太多，我有必要给他梳理整个过程。我尽量真实、客观，我需要他的意见。他是差点就做到教导主任的人，他的意见可以让我一窥当事另一方的态度。

“……范培宗也来了？”

我这时想起来，钟程没有当上“教主”，必是和这人有关。我说：“禹怀山都来了，他当然要来。”

“禹怀山这头蠢猪。”他说，“要是用我当教导主任，他根本不用费这个神。”

“那是明摆的事！”

他还是踌躇了一会，可能饿得不支，胡乱用了些早餐。然后他告诉我，整个过程下来，校方行为都合理到位。唯一的漏洞在于，单妮跳楼之前，在楼道里待了近一个小时，且这一个小时的情况，监控画面里都看得到。然后，他说：“你明白我的意思吗？”

这时，我忽然想起欧春芳无助的眼神。现在我恍然明了。一切不合常理的情况，都隐藏着你尚不明了的原因。

“你接着说，碰到这事，正常该如何处理。”

“……千万不能跟人说，是我告诉你的。虽然我不在高级中学，毕竟还在教育系统里面混。”钟程这时又清醒了几分。

“放心，我是看《红岩》长大的。我最痛恨的人是甫志高。”

“省城银南中学几月前发生过差不多的事情，是男生，大白天跳下来，银南赔了四十万。当然，两个学校的经济实力不一样，那是贵族学校，收费高，赔得也多。换到平时，县高级中学顶多就赔个十四五万，但现在……不管怎么说，还算时机不错，全省教研教改经验交流会正在市里头开，禹怀山这几天一定是加倍地小心。所以，现在找他闹赔偿，价码肯定比平时高。”

“能到多少？你少跟我兜圈。”

“你家这个事情，我估计赔偿有银南中学的一半，也就差不多了。”

“禹怀山和你想的一样？”

“只要他不老年痴呆。我们干这个工作，心里当然要有数。”

我心里暗骂，一开始只给四万五，还不到十分之一。在我打电话的这一会工夫，小彤已经返回。她换一身运动衣，仿八十年代的梅花牌，胸前缝着“中国”两个白色的圆体字。三皮也用一身肉瓤将同款男式运动衣撑得格外饱满。因他俩的到来，已沉默许久的五叔，忽然从哪个角落钻出，跟女儿讲刚才的情况——无非是杨环秀、肖石辉都被摆平了，然后高级中学的领导们走掉了。

听着父亲汇报情况，小彤问三皮要一支烟，三皮递上来并负责点上。小彤一边喷着烟雾，一边仰头看向天空。深秋的天空，总是无限高邈，此时，天上已有星辰。她喷出的烟雾轻盈、流畅且丝滑，吧唧两口就往地上扔。然后她就走过来，穿越众人，径直走向三凿。

这一阵我们其实都关注着三凿。他一直坐在花坛发呆，双目焦点渺渺不知看向何处，忽然鼻头一抽，脸皮挤皱成一团，分明就是在哭。他强行抑制自己，咬起牙关，脸皮才又徐徐铺开，回复发呆的模样，如此反复不已。

小彤走过去，似乎要叫一声哥，却又忍住。她坐在他身侧，等了一会，终究拍了拍三凿的肩。

“十二万，你答应吗？”

“什么？”

“我是问你，十二万，你女儿一条命。你咽不咽得下这口气？”

“……你讲，你讲怎么办？”

“不能再等了。他们都搞不过那帮领导，现在只有我和你。我们现在必须就闹起来，要是闹不起来，别人也不会把我们当成人看。你要是不敢闹，马上讨了十二万，回家布置灵堂。”

“我听你的！”

“那好，我还有言在先。”

“你讲！”

“先前本来就可以闹，大家你一嘴，我一嘴，各有各的想法，反而闹不起来。从现在起，你谁也不要听，就听我安排。”小彤呼地站起来，又说，“你要下个决心，要闹也就今晚上的事，趁你家单妮……你要搞明白，现在别人反倒不急，我们急。”

三凿咬咬牙，表态：“彤妹子，一切你讲了算。”

“不反悔？”

“是狗！”三凿又说，“到底要怎么搞？”

“你先起来跟我走！”

三凿要起来，蹶了半天又一直没吃东西，腿脚竟发软。小彤扶他，他强自将身板撑起，走路有点瘸。人们呼啦啦跟在后头，看到底什么情况发生，能帮则帮，能劝则劝。小彤领着三凿往依维柯走去。棺材一直放置在车腹，秋娥怕女儿寂寞，独自守在里面。她看见那么多人汹涌而来，一时发蒙，两眼又迸出滚圆的泪。三凿爬进车内，坐到秋娥身边，扶住她肩，耳语一番。

小彤站到车尾，一手扶住棺椁翘起的一头，一边大声说："赶快把司机叫来。"

只数秒时间，那络腮胡的老者随叫随到。我不禁感叹，如此兢兢业业，只为吃一碗死人饭，倒真是难为他。

小彤问他："车是你开？"

"随时可以开。"老者说，"五分钟，司机一定到位。"

"那你现在就打电话叫司机来！"

"往哪里开？"

"你管那么多？车子发动起来，我要你往哪里开，就往哪里开。"

老者只是赔笑，又说："妹子，这是拉死人的车，不是想去哪就去哪。你要事先不讲清白，我们是不敢开。"

"你什么意思？生意要不要做了？"

"总要知道去哪里嘛！"老者将一口无奈的笑隐藏在髭须深处。

小彤迟疑一会，还是说："去佴城高级中学。"

"……那里去不了。"

"给你们加钱。"

"不是钱的问题。"

"给你们加一千，什么话都不要说。"小彤一只手朝着三皮一摊，三皮心领神会，掏出皮夹子数钞票。他把钱一张一张从皮夹里抽出来，毛爷爷一次一次在夜色中微笑。老者接过钱，利索掏出一只老头机，摁一下，按键音便将夜空划破一道缝隙。秃顶的司机仿佛不是被叫来，而是这边一按键他就接收到空气中发颤的信号。

车发动时，车前站了一排人，我父、三叔、癞爷，还有高级中学留守的几位老师，宋奎元当仁不让站到最显眼的位置，车灯照得他浑身透亮。欧春芳则远远站在后头。此刻我已明了，这事情不处理妥当，她今晚是睡不着的。

“三凿你下来。”我父冲车里说。

三凿坐在车头不动，而小彤，和三凿一同挤在驾驶副座，将门敞开，整个身体探出来。她手一挥，说：“你们都不要管。你们管了一天，有什么结果？”我父说：“先把车熄火，高级中学不能去。”

“怎么就不能去？”

“到地方九点多，学生刚下晚课……你设身处地想一想，你家小孩要在那里读书，会不会被吓着？全县的高中生都在那读书，这么搞，就是和全县人民过不去。你们年轻人，办事情一定想清楚。”

“本来也不想这么搞，但你们都看着的，高级中学那帮人把我们当人吗？”小彤脚踩在车内，身体完全探出车外。乍然间，我想起《青春之歌》里的林道静。她在学生游行时发表演讲，也是登上一辆车，也是这样的情景，且被拍成经典的电影剧照。而小彤不可能知道林道静是谁。

她接着说：“那帮狗杂种，以为摆平了几个人，死一个人也就这么了结。说不定，那些狗官正在哪个地方敲背捶腿。单妮真就白死了么？”

宋奎元说：“我们都在这里，这件事高级中学肯定要负责到底。”

“我不是说你。”小彤说，“我是说放屁放得响的那些杂种。”

“领导马上就会来。”

“不，我们不能等了。你们领导，总以为每个人都能摆平。今天要让他们知道，总有些人，除非是死，没人能摆平。”

小彤说话这会，三凿下了车。三凿从小彤身后艰难地挤下车，悄无声息站到车前，“叭噗”一声跪倒在地。

“三凿你给我起来，不能跪。”五叔失声地叫，过去拽三凿。三凿个子小，跪下去像个秤砣。三叔个子大，没将这儿子扶起来，索性伸出两手去将三凿端起来，就像若干年前，三凿还是小把戏，他要给他抽屎抽尿。三叔将三凿整个身体稍微端离地面，自己的老腰便吃受不住。“三叔！”“塔叔！”我和冰暴各自叫法，然后一左一右，将他扶到一边。三凿仍稳稳地跪在地上。

“怎么能跪下去？”

“听他讲，他是有话要讲。”

此时，三凿脸上反而有潜沉的神色，等场面安静，这才开口。“没有别的办法，都是他们逼的。这件事最终是我和禹怀山才能讲定的事，跟你们都没有关系。我女儿死了，我两个女儿，今天全都死光了。我遇到这样的事，活成这个样子，已经不好讲自己还是个人，哪有资格给别人当爹？我对不起单妮，对不起双洁，你们投胎给我当女儿，你们倒了八辈子霉。现在，我只求你们让开一条道，让车子出门。我要把单妮带到哪里，是我一个人的事，所有后果我来承担。”

五叔说：“三凿，站起来讲话。”

“我这种人，哪有站起来讲话的资格？”三凿苦笑，接着说，“我现在从这地上滚过去，哪个要拦我，哪个就把脚踩到我身上。”

他说完便在地上躺平，将手伸直。他左手还缠有纱布，沁出些许血迹。他个不高，双手伸直以后，差不多等同于依维柯的宽度。他身体滚动起来。他很瘦，整个身体扁长如梭，滚动起来很灵活。所有人都往两边退，留出道任他滚下去。他又继续往前滚了十来个圈，依维柯跟在后面，将三凿照得透亮。

三凿滚到医院门口站起，扭头看向我们。小彤打开车门，拽他上去。司机一脚油门，依维柯便出了大门。

在我身侧，宋奎元如梦方醒掏出电话。他调取的呼叫铃音是《两个娃娃打电话》，直到手机唱出“喂喂喂，你在哪里呀？喂喂喂，我在幼儿园……”对方才将电话接通。

我们挤进癞爷的车。我们——我父、我三叔，还有我，来时的那几个人，现在依然挤一辆车。前面有几辆车子紧跟着依维柯，消失在夜色中。

“……快点开，要出大事。”三叔仍是改不了忧心忡忡。

“人都死了，还能出更大的事？”癞爷说，“我们都老了，不要替年轻人着急，该死的死，该活的活，其实我们什么都管不着。”

“是的啊，我们都老了。”我父也深深叹一口气。

“他们会在半道上拦截。这事情总要闹出动静，才会了结。”这话是我说的，不走脑子，脱口而出。

癞爷说：“那我们就等一等，再去看看结果。我们三个老东西。”

三叔忽然冲我说：“浩淼，你年轻，你要好好活。”

我又不好说，暂时还没有不想活的念头，所以我嗯一声。这时癞爷揪开车载收音机，一个年轻的歌手在歇斯底里地歌颂爱情。他真是蛮有心情，死了都要爱。癞爷调动旋钮，很快换成一个苍老的声音唱起地方戏。

## 12

如我所料，双方的遭遇战发生在佴城下高速不远，一个叫瓮寨的地方，距县城还有十里地。从市医院上高速口要二十分钟，行走四十七公里，约莫半小时再下高速，那边就有车将载着单妮的依维柯拦住。又过数分钟，禹怀山、范培宗、江道新甚至包括先前昙花一现的伍乡长，悉数赶来。

我们这车下高速时，有个人在等，是莫生民。他上车，坐在我身畔。

“……刚才搞了几仗了。”

“搞了几仗？是打起来了？”

“那倒没有。”莫生民讲话总是一句一句突兀地戳过来，语调又是不急不缓，反倒显得有点耸人听闻。他又说：“这个小彤，到市里混几年，现在可以当成男人用。她敢和禹校长搞事，脸对脸地骂架，一点都不怵。禹校长被她骂得一脸血，还被她用手机拍录像。我天，我们莵头能出这样的女人，我为她感到骄傲无比。”

“不叫拍录像，哪时候了，还录像！是拍视频。”

“是拍视频，拍禹校长气急暴跳的样子，那样子像是要吃人，很吓人。但是小彤，现在我是她的粉丝，她一点都不怕。现在我发现，那些领导其实也是没有屁用，并不可怕，你要怕他你就只好缩头缩脑，你不怕他他也不敢咬你一口。”

“刚才到底怎么样了？”

“反正就是吵了几架，两边凑到一起就吵，吵累了歇口气，又走到一起吵。”

“怎么个吵法？”

“七嘴八舌，到底吵点什么我一时讲不清楚。”

“两个人怎么就七嘴八舌？”

“旁边肯定还有很多帮腔的。反正，我们这边一定要把车开到学校，那边一定不让我们走。他们讲要喊警察，小彤表示同意让他们喊警察，但是他们始终没有喊警察。是不是喊警察要钱？”

“不是这个问题，他们不缺这点钱。”我父皱了皱眉头，睃我一眼，示意我给莫生民解释。我发现这很有技术难度，我怎么跟他从源头讲明，此时此刻，禹怀山最不愿意将事情闹大？于是我给他打个比喻，好比两个小孩打架，个头大，手更毒的那个，就想把对方扯到僻静的角落痛扁一顿；而小个子毫无胜算，他只好尽量往显眼的地方走，让大人看见自己被打。

“你懂我的意思吗？”

“这还能不懂？我们小时候都这样。”

说话间我们已到瓮寨，前面灯光骤亮，一溜车停着，车灯都开着。一小块地方，被车灯的光交织得有了那么点璀璨。我们一路都估计着情况，现在双方交锋大概有五十分钟（我们在依维柯开走三十分钟后发车，在高速公路上一个四星服务区又拖延了二十分钟），都会有点累。这一天下来，每人必然地累。这种累，是来自这种心情，以及这种氛围对每个人的压迫。三凿两口子都坐在依维柯的驾驶副座。当我们走过去，秋娥主动跟我们表白："到这个时候了，这些狗日的根本不把我们当人。我们不跟他们讲钱，一定要把棺材摆到他们学校里面，摆三天！"三凿接着说："他们要报警，我等着他们报警！"

小彤站在车旁抽烟，她很平静。三皮帮她掐了掐肩，像是拳击比赛的回合间，教练深情地呵护着爱徒。

我问小彤现在什么情况，我想只有她能给我最简单且准确的回答。

"三十万，一分钱不能少。丧葬医疗不包括在里面。"她说。

"那边什么反应？"

"我不关心这些，我只想让他们知道，事情越往后拖，越严重，价钱讲不定还要往上涨。他们最好是不要搞得我心焦。"她显得胜券在握。

她的神情使我更为准确地还原了刚才的现场：通过几番交锋，一米五几的小彤搞得一米八多的禹怀山焦头烂额，狼狈不堪。其实这也没什么奇怪，这两人不是比打，而是比泼，恰好进入小彤的特长领域，就像浪里白跳赚得黑旋风下水，那就等着看谁消遣谁。小彤成功营造出"单挑"的情境，那些下属只能在一旁掠阵。小彤嘴巴占了上风，还有闲心，掏出手机抓拍对方的表情。据说禹怀山身心俱疲，索性掏出手机和小彤对拍。一个亮出苹果5S，一个是拿国产老头机；一个仰拍，一个俯拍。肯定有一刹，两人都将手中的手机，想象成一把枪。据说小彤将视频一段一段地发往微信，搞现场直播，而禹怀山只是虚张声势地拍，他不玩微信。我没加小彤的微信，无法从WiFi中调取禹怀山的窘态。我想，杨环秀曾经一战而成杨青天，而在乡亲眼里，此时此刻，小彤俨然就是杨环秀的升级换代版。她干的事是在杨环秀悄然溜掉之后。

高级中学那边已将价码抬高，同意给十五万，尚有十五万差距。我朝那边走，同时看看表，十点一刻。此时天色浓黑，满天星斗，公路上很少有车经过，经过的话也会在这团光晕旁稍停，或是减速，看看发生了什么事情。他们当然看不出发生了什么事情。

范培宗引着我去见禹怀山。公路旁边正好有个杂货铺子，里面还摆了两张圆桌，可以消夜，店里面提供烧烤、卤菜、关东煮和低档的酒水。他们当然没有心情吃夜宵，又不能白占人家的圆桌，就买一大堆饮料，花花绿绿地堆在桌面。我进去，宋奎元就递给我一瓶“东方树叶”。我只喝白水。

我说：“都搞到这时候了，一整天，不要再往下拖了。”

“这又不是我能说了算。”禹怀山苦笑。

“你当然能说了算，你是校长。价钱肯定也要加一些，要不然完不了事。你要是答应，我就两边转，把这事情尽快谈下来。”

“我为什么要听你的？”他瞬间变了冷笑。他虽垂头丧气，但内置的表情包调取自如，“这个价格也不是我说了算，我们没有责任，只是本着人道主义的原则处理这事，却被你们不断地讹诈。”

“为什么甘心忍受？你们完全可以拍屁股走人。”我抽烟压一压时间，稍后又说，“至少，单妮跳楼前，你们的监控视频一直能拍到她，差不多有一个小时。这一个小时内，你们的监视器前面没有人。”

禹怀山迟疑一会。“谁跟你说的？”

“这是明摆着的，我暂时跟谁也不讲。”

“……你先坐下来，坐下来！”他挪了挪他身边的矮凳。

很快，他用一种便秘的神情跟我表态，最多十八万，不能再多。他会顶着天大的压力，凑够这个数。我也不多讲价，我知道这种事免不了要多走几个来回。前面蓄势已久，要收场也不会是转瞬之间。我忽然领悟情报工作的重要。我走出小屋，阴风阵阵。

不久后，我走到依维柯的门边，三凿两口子仍然一齐挤在驾驶副座，一个仰躺着，一个趴着。看不清表情，两人脸上只有一些凌乱的光。

“哥哥嫂嫂！”

他俩扭头看我。

“这件事，还是要有个了结，按习惯，明天天亮以前，是要入土。”

三凿说：“事情到了这个地步……”

“不管到哪个地步，都可以收住。事情要闹起来，也必须收得了场，要是等到翻脸成仇，收不了场，对两边都没有好处。人先入土为安。”

“你说怎么收场？”

“……还是要谈一谈价钱。”

“这不是钱的事情，是我单妮一条人命。”秋娥冲我嚷，“这不是钱的事，我不要钱。”

“嫂嫂。”

“我不要钱！”

“我是浩淼，我是单妮的叔叔。”

“哪个驴日的再跟我谈钱。”

嫂嫂骂人从来都骂驴日的。她爱养狗。我只能暂时闭嘴，不远处，小彤和五叔听见秋娥嗓门扯高，一齐走过来。“……这件事要有个了结。”我冲五叔说。“是要有了结。”他同意。我示意他跟着我往偏僻处走几步，离三凿两口子远点。小彤也跟过来，她偶尔瞥我一眼，仿佛我也是敌人。我能理解她，刚才的交锋未免让人红了眼，看谁都想干一仗。我想提醒她，我是她哥，堂哥，我们共有一个爷爷。现在不是时候。我避开她的眼神，继续说："五叔，火要一点就燃，刚才小彤做得不错。但烧到火候，也要随时撤得下，什么事都不能搞得过火。天亮前，单妮是要入土的。"

"你讲怎么办？"

"不管愿不愿意，价钱一定要谈，不会是我们说了算，也不会是他们说了算。这当口，三凿两口子不好谈，我和你可以干这事。谈得下来，他们也不想把事情闹大。"

"道理我都懂。"

小彤看看我，又看她爹，说："一分钱不能少。是他们态度不好，拖到这个时候，不讲价。"

我不得不说："小彤，得饶人处且饶人。"

五叔也强调："他是你哥。"

她依然不看我："今晚谁都不要睡觉，要吵架我一个人够，要打架随时叫人。到市里头，到县里头，随时叫人。"她扭头，拿眼睛去找三皮。三皮瞟一眼就来到跟前。他说："我随时喊几车人过来。"我看看他，他的金链条仍在脖子上晃，被人油浸润着，不再光亮。我难以想象他俩的恋爱如何控制亲密的程度。但现在不适合开小差，我走近他，一手搂住他的肩，劲鼓鼓全是疙瘩肉。我年轻的时候最擅长在一帮肌肉僵尸间闪转腾挪，游弋自如。他的肌肉进一步绷紧。我凑着他耳朵说："你打电话。"

“什么？”

“你现在就打电话。”我说，“不要多，喊两车人就够。”

他摸了摸左边裤兜，我拍拍他右边。他的那块手机贴着我左腿外侧发硬。他掏出手机，他又看看小彤。小彤头往一边撇，由着三皮怎么搞。他翻开通讯录，从A字头往下翻，几乎都不是人名，而是绰号，“阿佬”“兵哥”“八喜”“宝盖”“别老拐”之类，他一屏一屏往下翻，很快翻到Z字头。我说：“现在可能都睡了。”他说：“是啊，今天太晚。”

“……我不管了。”小彤大嚷，“都是些没卵用的，活该遭人家欺负。”

她说完扯起脚就走，越过路边几辆开着灯的小车，又越过几辆熄了火躺在幽暗中的卡车。于是我交代三皮：“你跟过去。那边太黑，附近狗也多。”

“噢！”

当我再次走回依维柯的车头，秋娥看见我条件反射般地捂住双耳。她大叫一声：“我不要钱！”

“嫂嫂！”

“我讲了，我不要钱！”

我无奈地看着三凿，示意他能不能让秋娥稍微平静。之后我退开几步，看着这对苦难夫妻在逼仄的车厢内耳语。三凿抱着秋娥，当她暴怒的时候，他就多用一些力气。我退到更远的地方，看着车厢内他俩相依为命的样子。范培宗还走过来，似乎看我们这边进展如何。我用手势示意他别过来。

我确定堂嫂足够平静了，才又走去。“堂嫂，你看着我。”她就呆滞地看我。“我是浩淼，我一定要帮单妮讨个公道，你信不信我？”

她终于艰难地点了点头。

“好的，我们都知道你不要钱。但你要替他们考虑一下，他们只有拿钱来解决这个事。他们还能怎么办？”

“我不要钱！”

“现在，我们关着门，不讲没用的……谁都不想要这个钱，但是，怎么说呢？”我吞咽着，脸上相应是万难启齿的表情，“……讲是不要钱，但讲到最后，还是要拿钱。”

“那是一条命。”

“命已回不来，只要我们都是人，最后就只能谈钱。你说是吗？”

她吃惊地看着我。她抑制着自己，还待开口，三凿却已哭出声音。

等他哭停，事情的解决就变得异常顺利。我和五叔、范培宗在两头穿梭四五趟，这边让点，那边加点，价格最终讲到二十一万。禹怀山嘴上坚认前面讲的十八万，伍乡长主动表态，还有三万由乡里面出。伍乡长说：“老傅这好几年都是优秀村干，功不可没。他家出了事，我们不能不管。”当然，谁都知道这只是个策略，只是尽量做出仁至义尽的样子。

双方签字的时候，禹怀山斥责一众手下没用，并在我背后大声说：“学校能有一个傅浩淼，我哪要操这么多心？”

## 13

那棺材，看似比常规尺寸小，放进车腹又显大。两旁各可以坐两个人。三凿、秋娥坐一边，这边是五叔和我。五叔忽又想起来："上次送双洁回家，也是我们四个。"我记得清楚，但又佯作回忆，然后才说："好像是的。"

"八年了，一对撇爹的崽。"

秋娥抗声说："叔，你不要这么讲。"

"我就要这么讲。"他将自己呛出一片浊泪。

灵车驶出瓮寨，继续往前，我看看表，已近十一点半。我原本估计十一点左右可结束这桩事，一不小心又多用半小时。一些小杂事，会占用计划之外的时间，比如说数钱。数钱就在路边的杂货铺子。买他家那一堆饮料，顶多也就三四十块钱，却要借人家的地方处理死人的事情。店老板甚至不会想到要对此事提出异议。那一堆人民币堆在桌上，店老板的眼睛亮了起来，虽然跟他没有一毛钱关系。他的店里肯定从来不曾出现这么多钱。校方在刚才扯价的时候，已遣人取来这一堆钱，用蛇皮袋装着。有时候，他们效率会忽然提高。

范培宗说："剩下六万，一星期内会派专人送到你家，不必担心。这一点，协议上也写得清清白白。"三凿用眼睛找我，我朝他点点头。

范培宗又说："那请你们点个数。"

杂货铺内，我们这边五个人：三凿两口子、三叔、五叔、我。他们都把眼睛盯着我，要我干这活。我把钱分成三沓，叫三叔五叔齐上阵，人多力量大。数十五万块钱倒不是累活，但在众目睽睽下一个人数半小时钱，那会让那独自数钱的人觉得自己像在耍猴。每沓是五刀百元纸钞，我数了三刀，他俩各自才数一刀，然后各自掂出两刀码到我面前。我又数了两刀，然后说："不数了吧，都是对的，拿眼睛估也估得出来。刚从银行取出来，哪错得了。"

"不数了。"

"噢好！"

钱又用报纸包紧，放进两个重叠一块的灰色塑料袋内，都是店老板免费提供。袋口拴紧，递到三凿手里。三凿像捧骨灰盒一样把钱捧上车。

进入山路，没有百米是笔直，就一直这么弯来绕去，我对往事的回忆常因颠簸而短暂停顿，但总体还是流畅。十六年前，我二十出头，三凿大我三岁，刚结了婚。更早几年，他一直对杨环秀的大女儿，也就是姨妹子翠婷念念不忘。她傍着河流长大，身材好不说，委实太漂亮。这姨妹子有事无事也喜欢来他家串门，比如新收了老品种的香麦，可到邻居家磨粉，她一定要拿到莵头磨粉擀面。我吃过新麦擀成的面，带着擀面机的热烫马上下锅煮熟，人间至味。她喜欢听三凿唱歌，三凿也是越唱越敢唱。后来，三凿偷偷进城询问我父亲（他总是要见了面再问，即使打电话已经很方便）："大伯，我听说表亲不能结婚，堂亲也不能结婚，那么姨亲行不行？"我父回答："姨亲就是表亲。

舅表和姨表，一回事。”

“这样啊。”他还是不死心，“为什么不行呢？”

“近亲结婚，生下来的孩子痴呆傻残，搞不好多颗脑袋少只脚，你说行不行？”

“……那不生小孩可不可以结？”

“为什么不要小孩？你是个农民，你不生小孩，以后老了怎么活？”我父微笑地看他。

后来三凿和秋娥相亲，三叔三婶都要他娶她，说秋娥是个好老婆。我去他家，三凿偷偷叫我去岩洞里喝酒，喝着喝着哭起来。在我印象里，莞头村和我一起玩大的一帮男人反而容易掉泪，没有沾染上城里人矫情的麻木。“秋娥还是丑了点。”他说，“和翠婷没得比。”稍后他又问我：“你说我怎么办？”我说：“你看着办。”稍后他又无奈地笑起来，跟我说：“这餐酒都喂了狗。”

秋娥第一次生产的时候，我和父母都赶到乡下，这叫“围喜”，尤其要围头胎的喜，于主家于自己都兆好运。我们在屋外，秋娥在屋内，天断黑屋里亮灯，也点了红蜡烛，是结婚那天剩的。第一声啼哭本已让人惊喜，接生的麻婆忽然又高叫一声：“还有一个。”我母亲不免感叹：“秋娥肚皮这么大，我们先前怎么都没想到会是双胞胎？”

三凿和三叔各抱一个小孩给我们展示，她们脸皮皱着，眼睛没睁开，但她们分明是健旺的。三凿不停地说：“赚了，赚了。”他很少有这种难以扼抑的惊喜。这一刻，三凿一定会相信，命里的每一个转折，于他都是馈赠。

转眼，两个妹子都已离去。我看见她们生，看见她们死，虽然两次别离时隔八年，但都是在夜色中搭乘灵车赶回村庄。有一刹，我相信其实自己也算活了一把年纪，虽然平常日子中老是浑然不觉，总要由一些突发的状况，激发人对时间长度的体认。

进了村，照样有村民来接，打着电筒和矿灯。不同的是，相较八前年，我明显发现这次来的青壮年更少，老弱更多，这使夜色多了一重气息奄奄。三婶在人群的前列，她已经哭过。她很能哭，这一天下来，我们完成了前半截，后半截要以她为主。我害怕听她的哭，她要哭长辈去世，和哭小孩夭折，完全是不同的声调和情态，人在几里外就能听得分明。

三叔先下车，问三婶："家顺没来？"

"在家里睡。"

"怎么能在家里睡？"

三婶只是回答等下再说。家顺也在城里的小学寄读，凌晨出了事，三凿两口子没带他去市医院，正好老乡青岗要回蔸头，三凿就嘱青岗接了家顺回蔸头等着。单妮死的消息传到蔸头，家顺在空空的火圹前坐了半个钟头，忽然疯狂地以头撞墙，一下一下，又一下，墙皮簌簌地脱落几块。三婶拉扯不住，只好往门外大声呼救，来了两个邻居，一齐将家顺捆紧，不能动弹，再放到床上。家顺挣扎了数小时，体力不支终于沉沉睡去，现在还没醒。

"就剩他一个了。"三叔说。

"一定要看紧！"不知谁嘴里飙出这一句。

灵堂不再设在自家堂屋。这八年里，村里通了路，路的尽头有一块篮球场大小的空坪，不作他用，专门用来停灵。灵棚早已搭好，帆布是有一年救灾队带来的，灰绿色，足够大，看上去也远比蛇皮袋布端庄。这时很冷，烧起两堆篝火，凑近了又很热。响一阵鞭炮，人们便循声赶来，交送赙仪。没有哀乐，只有哭声。三婶哭起来，几个中老年妇女便坐到她身侧，摆好姿势（哭起来怎么才好发音，才好持续，每个人都有着不同经验），择机进入，不久这哭便有了多个声部，丝丝不乱。三婶的哭当是最突出，别的女人，知道不能将自己的声音压了主音。她们配合了许多年月，还将一直这么配合下去。这边围坐火边的男人，侧耳倾听，有的还说："这批女人都死完以后，年轻的妹子就不会哭了。"还有人进一步感叹："她们什么都不会了，但她们日子总归过得更好。"又有人提出了质疑："现在她们日子过得好，以前要是谁能过上这样的日子，怎么可能想不开？"

我不光是坐着，此时仍有任务。三叔将我叫到一边，说："浩淼，你能办事，今天还有最后一个任务。"我心里想，已经是另一天了。我嘴上说："三叔，尽管说。"

"是这样，单妮天亮之前要入土为安，老规矩，不能破。"他嗫嚅着，又说，"坑也必须是三凿来挖，别人替不了。但他一整天没吃东西了，等下挖不动土。你要想办法让他吃点东西。"我说："好办。"

"他也一天没睡了，体力背不起，吃完要让他睡一会。现在是一点钟，他再迟四点半要起来，去挖坑。"

"看情况。"

我路上就已经想到这事，刚才在杂货铺里头花了一百六十八元买了一盒瓶子酒。我知道蔸头男人们常喝的壶子酒，便宜，所以也是如何地难以下咽。我知道，此时此刻，能有什么东西比酒更易撬开一个酒鬼的嘴，以及肠胃。

“三凿哥，这时候了，要吃点东西。”

“不吃，哪吃得下去？”仿佛是种惯性。

于是我就将瓶子酒拿出来，费力地揭开盖，倒了半碗。我说：“那你喝酒。”他说：“不喝。”我递过去，他端在手里，嘴皮一启，轻轻一抹。有人送来一碟炒黄豆，我要他先吃点豆。他一把一把抓在手里，往嘴里揉。再喝了两个半碗，我说你多少吃点东西。他没吭声。先是端上来一碗米粉，上面浮了一瓢油汪汪的肉丝。他说现在很腻肉，没胃口。于是我去厨房舀了一碗豆腐。豆腐是新打的，当单妮死亡的消息传到这里，三婶一边哭，一边不忘磨豆腐。这是乡村守灵之夜必不可少的东西。

三凿端起碗，汩汩有声地喝下一碗豆腐。我问他够了不，他摇摇头，脸上又现出悲痛。我又去给他撮一碗。

篝火烧一阵以后，大小就正好合适，一帮男人将火围小了一圈，分享着烟卷和彼此的见闻。不知怎么就比起了狗。每家都养过土狗，有的现在还在养，他们便比起土狗的英勇事迹，这么多年，谁家的狗被自家狗打败过，人人都记得一清二楚。但狗打架是一笔糊涂账，傅庆斌家的狗打赢过莫生民家的麻条，麻条打赢过钟二拐家的三纵，但三纵站在傅庆斌家的堂门口，傅家的狗就绝不敢出门。说着说着，不再说狗打架，转而说起狗扯把（交媾）。一沾上荤腥，男人们的笑声便一点一点多起来。“亲戚或余悲，他人亦已歌。”我看着这夜的浓黑，在这星空下无限广袤的泥土之上，这些吃土啃泥的庄稼汉，只能如此这般将日子打发下去。

我扭头看三凿，他斜躺在靠椅上，已经沉沉地睡了。我这才松了口气，掏出手机，闹钟定到凌晨四点。时间一到，我还要负责喊醒三凿，叫他为自己女儿挖一个坑，尽量挖得深浅适宜，要找土层疏松处，让她钻回里面，就像她最初的时候钻出来。我忽然记起，等到那个时候，距单妮从楼上跳下来，整好一天。

# 附　体

1

家庆那年去韦城，已二十一。他感觉兴奋，这是他头次独自远行。他看过一本小说叫《十八岁出门远行》，讲什么记不清了，他总是记不清。他头次出门远行，比小说里的人大三岁。相同的是那种兴奋，想象远方，总有不一样的事情等着自己。是坐火车，买硬座票，88块，是好数字。火车开进夜里，视野偶尔有灯火，有时候巨大的一片黑，里面夹杂一星灯火。他想，那盏灯下，是不是只有一个人住着？有时候眼角晃过一片城市，灯火辉煌，他心子会是一暖。

家庆把窗外的夜色，看了一整夜，巨大的黑，偶尔的灯火，就是全部真相。天已放亮，火车习惯性晚点，拖到中午才到站。没人接站，家庆记得换乘的公汽车次。229路车空空荡荡。时而，窗外一片碧绿，家庆以为是出了城市，到了农村，但转眼间又切换出一片崭新城市。一路都这样，韦城仿佛是个拼盘，城市与田野杂然铺陈其中。家庆感到一阵阵荒凉。

如同熟人们所说，家庆总是一脸很无辜的模样，读初中像小学生，读中专像初中生，现在二十一，看上去就像十四五岁因为小鸡鸡刚长毛而不断害羞的男孩。其实，家庆已有一把经历。他十四岁去读技校，是父母的意思。他本想往上面读，高中毕业，考考大学。当时大学升学率不足十个点，说是千军万马过独木桥，更准确地说，有点像摸彩票。父母说，你成绩没有姐姐好，别到时两个人都考不起大学，都堆在家里，不好处理。于是姐姐读高中，家庆读中专。对于这些生命中重大的抉择，家庆选择沉默。他是想读大学。父亲跟他说，我有关系，技校毕业就去烟厂，早点上班早赚钱。佴城烟厂当时效益好，出产二十多种烟。主产一种女式雪茄，叫“乔治岛”，据说俄罗斯娘儿们最是喜欢，一天到晚夹着这细长麻秆的香烟，吧唧吧唧地喷。佴城烟厂日夜不停的机器，其实是在印卢布。厂方还计划生产适销对路产品，打入美国市场，印完卢布，再印一印美元，为国创汇。家庆听过这些传闻，挺当真，心里就想，分进烟厂倒是不坏。读书时候，烟厂子弟个个横着走路，斜眼看人，集体舞弊，打群架人聚得齐，放了学有统一接送的厂车。车身上，喷着毛体大字：“好好学习，天天向上”。几年后，姐姐大专都考不上，在家里哭好几天。伴着哭声，父母又行教导，你看你看，当年好玄嘛。家惠都考不上，你怎么考得上？姐姐高考落榜那年，家庆就从技校毕业，顺利分进烟厂。母亲本来还有担心，说分进烟厂，那指定抽烟。父亲说，不分进烟厂，难道就不抽烟？父亲天生用来说服母亲，母亲只好无奈地看一眼家庆。家庆进到烟厂，十七岁干上了副操作。十九岁，他又经历了声势浩大的下岗。县城效益最好的一个厂，县域经济支柱，说垮就垮。据说当时全省有八家烟厂，政策一变，只能保留两家。八个厂长去抽生死签，最后是最大两家烟厂抽到了。这真他妈像开玩笑，但又千真万确。下岗太早，家庆并不忧伤，心里还小有得意，自己只二十一，倒有一把人生经历。他老是被人看不上眼，所以，内心向往着一份沧桑。其后的两年，也有烟厂一起混事的师傅师兄，邀他一块往福建奔，进到那些埋在鱼塘下面的烟厂，工钱不会低。父亲不答应，说宁愿看你在家里荒废青春，也不让你帮人造假烟，谋财害命，祸国殃民。又说，鱼塘要是有漏眼，水往下灌，跑都跑不脱。

家庆心想，这造假烟谋财害命，造真烟未必就益寿延年？纵有异议，表面还是服从。后有一个亲戚开饭馆，生意慢慢有起色，需要帮手。父亲打算让家庆去学掂勺。省内也有不错的厨校，但父亲找了韦城新实力厨校。在韦城，有家庆一个表哥。

在这个世界上，父亲相信血浓于水，有亲戚，好办事。

家庆几乎不怎么见过那个表哥，只一年，表哥回家结婚，他去吃过酒。记忆中，表哥个很高，表嫂是北方人，也很高，佴城几乎很少见到这么高的女人。结婚当时，表嫂穿高跟鞋，身体一直打晃，表哥必须守在一旁，随时将她扶正。按当时佴城人古怪的审美趣味，作为新娘，表嫂两边脸颊还染有两团腮红，很红，很圆。唇膏的颜色要与腮红加以区分，更红，近乎紫。新人逐桌敬酒，穿着高跟鞋的表嫂摇摇晃晃地过来，甚至比表哥还略高，要在一米八五以上。个高的表嫂成为当天喜筵最大的看点，她走到每一桌，都会招至赞叹，这么高哇，赞松（表哥名叫夏赞松）真有福气。这是农村人的观点，找老婆要找个高个大的，可以和男人平肩挑重物，干活肯定也不赖。但这表嫂，走路都晃，要叫她干活可能勉为其难。这是家庆的父母在一旁窃窃私语，家庆听在耳里，又朝那表嫂看去一眼。无须费力，在整个喜筵大厅，表嫂都是最引人注目的存在，抬眼必然看见。多年以后家庆游台北，不管在哪个角落，抬眼看见 101 大楼，仍会想起表嫂。但是，当时家庆看着表嫂，两团画得很圆的腮红，发紫的嘴唇，不断晃动的身体，中式对襟的婚袍……他忽然想到电影里的僵尸。谁叫当时僵尸片正红得一塌糊涂，电视里也随时跑出僵尸，大都穿清代官袍，不好好走路，就喜欢蹦跳。家庆暗骂自己一句，你怎么能这么想，你对得起表哥表嫂的好日子么？

表哥表嫂结婚那天，还有人议论，这两口子都这么高，叠在一起能顶穿屋顶，那他俩生小孩，会不会一生下来就有一米长？两个高个结婚，看点多多，婚还没结完，人们已经找出了下一个看点。

过一年，表嫂在韦城顺利产子。家庆不能亲临现场，只听大姨带来远方的消息，表哥想拿字辈给小孩取名，表嫂不同意，她怀孕期间，已想好一个名字，叫海程。家庆没忘了问大姨，海程生下来有多长？大姨说，四十八公分。

怎么只有四十八？

就四十八公分，怎么了？

我生下来都有五十三。家庆记得清楚，母亲总提起这事，家庆生下又长又大，五十三公分，八斤半。每当别人提到家庆个矮，母亲就会用数据说话。

父亲岔进来说，生下来是长是短，能说明什么问题？你看没看过狗生崽？一窝狗崽好几只，最后生出那只往往最小，但长到后头，肯定是最大个的一只。

母亲说，你怎么能这么讲？

大姨就笑，说我家以前也养狗，是有这么回事。

家庆想着乱七八糟的往事，公汽猛烈一晃，停下，自动报站的女声说，“终点站机场镇到了”。表哥来接，脸上微笑高高挂起，隐藏不住一丝憔悴。家庆不记得多久没见他，有些生疏。表哥大家庆十七岁，一直视为家里的骄傲。家庆还小，表哥便考上一家航校，以为是要当飞行员，在这小县城引发一场轰动，不啻考取清华北大。航校毕业，表哥却被分配到韦城一家工厂，没厂名，只以数字编号，七七一厂，据说生产飞机零件，以及别的神秘军械。某年表哥写信回家，说军工企业要图生存，也产日常物件，新近试产一种压力锅，没有品牌，一如他们工厂，是用数字编号，质量却不是一般好。军工技术，在那年头几乎就是最大的保证，他可以代购。又说，这好事只限亲戚，一家只需买一只。若买两只，这辈子再不操心买压力锅的事，也是闷损人。

表哥接过家庆的行李，一只拉杆箱。他个高，手又没过膝，拽那只拉杆箱微微地屈起腰，嘱咐家庆，等会见到你表嫂，主动打个招呼。你也知道，我家里出了那种事，有时候她的反应会有点迟钝，并不是不理你……

我知道。

那好，我就放心了。在韦城，房子不好租，租到也贵。尽管到我这住，你来给我搭搭伴。我在这里，一直孤独。走一阵，表哥又说，家里会有两个女的。有个年轻女的，是林黎怀的女朋友小李。林黎怀你还有印象？

见过这个人。

那好，他是我二姑的儿子，比你小。这一阵，他和小李都住我家，我家两室一厅，要住五个人，我来调节，大家将就一点，会相处得愉快。你见到小李，不要错喊成嫂子，是弟媳。

遭遇那事以后，表哥就有些神经质，变得啰里八唆，说话细细地讲，看谁都像幼儿园小朋友。来之前，大姨给家庆提了醒，要他及时适应表哥的变化。家庆也无所谓，因为表哥他本来就陌生，有无变化都要适应。至于表嫂，他知道自己不会认错人，并暗自地想，能把这个表嫂也认错，需要天赋。

## 2

转眼家庆已在韦城一周，每天往返于葵圩和机场镇。新实力厨校在葵圩，他坐229路公交，单趟要两个小时，每天六点钟早起，赶头班车；下午放学又搭车回，到机场镇已是八九点。搭乘229路，家庆看见窗外一片一片灰扑扑的稻田，偶尔会展露城乡接合部的一角，会出现成片的商品房区，会远远看见一片工厂，巨大的烟囱喷出劲鼓鼓的黑烟。汽车继续往下开，又进到田野。所以，这一周里，韦城留给家庆的印象，始终是一片荒凉，实际上他一直未得进入城市，229路基本勾勒出韦城的一段边缘轮廓。而机场镇，数几百万人城市的远郊，无非就像摊开了、兑稀了、打散了的小县城。

在表哥的宿舍，家庆只看见表哥和小李。这有些古怪，在这逼仄的屋内，经常看见的一对男女，却不是夫妻。作为女主人，表嫂却一直没有现面。没见照面，本不奇怪，只是，人又近在咫尺。表嫂足不出户，始终待在自己的卧室，房门紧闭。表哥要进去，敲敲门，木木地站着。好半天，锁舌一响，表哥把门推开一条缝，侧身而入，又赶紧关上。

表哥跟家庆解释，你嫂子怕风。说话时，表哥一张苦脸稍微伸展，勉为其难地一笑。这样的解释，他自己也不信。

家庆没多话，小李更厉害，除非表哥问她，她嗯啊作答，能省的字尽量省掉，脑袋也勾得很低，似在示意表哥不要再问。表哥很想调节气氛，尽量多说话，但这屋子里的气氛始终沉闷。家庆找了找原因，他认为还是那间紧闭的卧室，压抑着人的心情，捂住了嘴。表嫂不愿见人，家庆心里想，她总归是要上厕所。有一晚故意不睡，侧着耳听，果然，半夜里有窸窣声。他听着脚步，比表哥要轻盈，应该就是表嫂。这显然是她精心挑选的时间，不与任何人照面。而且，一整天就这一次，就这一次要排解一整天的废物，这是一般人做不到的。于是，家庆想到电视里演的道士闭关、辟谷。什么叫作辟谷，他搞不清，就觉得表嫂的行为像某种神秘的修行。

好在林黎怀过几天就来。林黎怀是个活泛的人，家庆不记得以前是否见过。他这边是表亲，林黎怀是表哥的堂弟，按讲也是亲戚，实际隔得很远，形同路人。林黎怀是一天晚上出现的，当时三人正沉默地吃着晚饭，门被敲开，林黎怀一脸泛起油光的笑，立时让气氛变得不一样。

表哥介绍说，这是家庆，我小姨的儿子。

啊家庆，你又长高了。林黎怀想摸一摸家庆的脑袋，家庆躲开。

家庆比你大。

是嘛，不好意思，家庆哥，家庆哥。林黎怀又伸出一只肉手，找握。于是就握，林黎怀暗下一把狠劲，捏得家庆手骨驳动有声。

林黎怀肯定没吃饭，他七点下的火车，再打个车到机场镇，中间留不出吃饭时间。他看看桌面上三菜一汤，眉头一皱，说你们先吃，我坐这么久的车没了胃口。稍后林黎怀独自跑出去，再回到屋内，左手提了一摞便当盒，是在附近夜市摊买来的烧烤。当然，右手提了一打啤酒，用尼龙绳逐只绑起来，绑成一捆。屋里热闹起来，家庆发现自己喜欢这热腾腾的气氛，屋里本有一股阴郁之气，林黎怀正好来冲一冲。林黎怀将烤串一串一串地递出，主打菜是油炸的蚱蜢，在机场镇偏要叫成“炸飞机”，很应景。酒一喝，林黎怀就不递了，把扦子直接杵到表哥嘴边，杵到家庆嘴边，再递给小李，一人撸一串炸飞机，匀着分。小李不敢吃，闭紧了嘴，林黎怀也有办法，去捏她的腮帮子。他显然惯于此道，一捏，小李两排牙轻启了一线，一只蚱蜢就活鲜鲜地钻了进去。

……敢吐出来，我就休了你。林黎怀严肃地说，说完便笑，表哥赔着笑，家庆觉得不好，还是笑出来。

表哥的宿舍，属于传说中的七七一厂。这片舍区不显眼，没有围墙，与周边的房舍融为一体。七七一厂的工人宿舍不搞集中建设，都打散了，零零碎碎分布在韦城东南一片的郊区。表哥说，这是基于战略考虑。说起来又是一嘴的神秘，但这房，确实小，当年是按“最少的空间装下最多的人”这种设计理念建成。说来也是有房有厅有厕有厨，全都螺蛳壳里做道场，厕所顶多两个平方米，人胖一点就蹲不下去，厨房也好不了多少，只能一个人干活，再挤一个人，就像鲮鱼挤进马口铁变了罐头。刚来那天下了小雨，气温还好，一旦天晴，韦城便热得令人心怵。待在家里，必须时刻开着空调。林黎怀一来，房子更挤，气温更热，但家庆觉着日子比前一阵好过。

家庆每天很早出门赶去葵圩，天黑回机场镇。葵圩那边有住宿，最低的床位每晚三十八块。家庆厌倦了每天奔波，感觉成天都在路上，昏昏欲睡。他去跟表哥打个招呼，此后想住在葵圩。

……这里，很多人要坐一辈子公交车，你也就三个月时间，多坐几趟，你才知道活在大城市是什么滋味。表哥鼓励家庆，又说，再说我们一起住大卧室，也热闹。你来，小林来，凑齐三个人，才斗得起地主。

小李可以打。

不行，斗地主，他小两口对付我一个，吃不消。你住那边一晚三四十，住我这里来回只要四块，三个月下来……这笔账，也不用我帮你算。

表哥苦苦相留，家庆只好点点头。

所谓大卧室，也就七八平方米，睡三个男人（表嫂将表哥赶出来，不许他近身）。小李只好睡客厅沙发，没法和林黎怀挤到一堆腻歪。而那间从未打开的卧室，据说里面只五六平方米。门上钉着海程从前得来的一些奖状，密密麻麻，一张叠一张，每张顶上只留两公分宽，标注着时间、奖项名称和奖次，以备检索。在这里，每寸空间都精打细算，充分利用。海程得过很多奖状。海程无疑是个乖孩子，身体也一向很好，奖状里有“健康儿童”称号，还有一张是“健美少年”。忽然有一天，海程被查出骨癌，简直毫无道理，却是千真万确。

那扇门一直没开，以至家庆不想往那边看，但房间如此狭局，只要一走进这屋子，目光就没法绕开那扇门。有时门上钉的奖状被风翻动，鳞片一样纷乱地抖起来。家庆要离开这里，住到葵圩，又多一个理由，但讲不出口，表哥会哀怨地看着他。儿子没了，表哥似乎愿意家里多住一些人，即使拥挤，也可从热闹中榨取一丝安慰。

转眼，家庆在表哥家已住十来天，仍没见过表嫂。他就想，是不是我去厨校上课的时候，表嫂会出来坐坐，这样就一再错过与她撞面？

有一天，厨校放休，家庆决定成天待在屋里，看看表嫂是不是露面。客厅没空调，他们全都挤进大卧室，那台古老的空调黑洞洞的风口吹出凉风，几个男人便打牌。小李不在，到市中心溜达。她罕见地耐热。林黎怀打着牌，嘴也不闲，说自己是个倒霉之人。大学时，他胡乱地找小李谈回恋爱，毕业后想甩她，分配好的单位不去，跑来韦城找工作。小李被分配到佴城一中当老师，韦城离佴城足够远，小林以为两人就此分开。没想小李也是一条狠人，辞去教职，跑到韦城铆定林黎怀，脸上时刻摆出嫁鸡随鸡嫁狗随狗从一而终无怨无悔的表情，虽然林黎怀根本没打算娶她。

世界上的女人太多，但小李要让我以为，只有她一个女人。林黎怀感叹，这怎么可能呢？

那是你人才好，个子又高，嘴巴还会哄。表哥就夸。

林黎怀说，家庆哥，你怕是还没谈过吧？真想匀你几个。

表哥说，家庆也讨女孩子喜欢，你不知道的。

家庆说，没有。

哪能没有？

真没有。家庆下了一张草花 Q。他想起很久以前，杨采妮在一个 MTV 里面拿着一张红桃 K 亲来亲去，搞得自己有了最初的梦中情人，在梦中将自己变成一张红桃 K。

那天斗地主到天黑，家庆一直分神，侧起耳朵，听听隔壁房里有无响动。表嫂像一只冬眠动物，激起观察者的兴趣。响动没听到，运气却来了，一块钱起底，一炸翻一倍的小彩，家庆也赢一百多。他只能将理由归结于运气，要不然就是骂另两人白痴。家庆执意请客，表哥终于不拦，带他出门买消夜，当然少不了一手把“炸飞机”。家庆想要二十串炸飞机，三斤小龙虾，还买了响螺和串烤时蔬，再要两打听啤。那时物价还没起来，这一大堆东西，也没用完赢头。回到住处，推开卧室门，小林小李备好了嘴和肚皮，等待家庆。酒一喝，有同甘共苦，甚至相濡以沫的滋味。和佴城一比，这城市如此巨大、广袤、热闹、拥挤、荒凉，但在一扇小小的门后面，还有那么几个人，陪你一块喝酒，和你随意说话，这显然来之不易。

听啤喝了半打，林黎怀冲表哥说，要不要请嫂子过来？

不好，她一般都……

还是叫一叫，我来那么久也就见她一两面。小林又说，事事有例外，万一，嫂子今天愿意出来见人呢？

表哥一想，也是，表弟堂弟来这么久，老婆躲屋里头，招呼还没打。表哥为难地说，我去叫她，她不一定过来，你们一定要理解……

林黎怀说，去叫一叫，什么情况我们都理解。

家庆也说，去叫一叫，不怕一万，就怕万一。

过好一会，门外脚步声重叠，表哥真将表嫂带过来。进门时并无异常，表嫂的神情一如想象，呆滞而忧伤。家庆和林黎怀一齐站起迎接。家庆矮林黎怀近一个头。表嫂脑袋抬高看一眼林黎怀，又低下来看看家庆，眼神立时有变化。她目光不再游走，定定地落在家庆身上。家庆只好勾头看看自己，并无异常，再一抬头，表嫂眼光还沾在自己身上，竟有几分温热。

你是……

是家庆。表哥做介绍，小姨家的家庆。

我是傅家庆。

还记得不？我们结婚时候，他还点点大，喜欢捡鞭炮，被炸伤了手指。

记得……不记得。表嫂眼光终于撤走，忽然噙满眼泪。

表嫂坐下，表哥劝她吃点东西，如有心情，不妨喝一喝啤酒。啤酒分冰镇的和不冰的两种，冷热由君。表嫂白眼一翻，幽幽地说，毛坯松（表哥诨名毛坯），你讲，我哪来的心情？我哪能像你一样，竟然还有心情吃夜宵喝酒！

表哥愧疚地说，那是那是。

几个人喝酒，吃菜，表嫂独自发呆；过好一会，表嫂独自发呆，几个人喝酒，吃菜。油炸的飞机，一只只飞进肚皮，冰啤酒一浇，冒出一个个暖嗝。那气味，像是油炸的飞机又在房间中飞舞。空调嗡嗡嗡地响，一刻不敢停，凉意却显虚浮。窗外，不远处那一片辽阔的机场，飞机频繁起落，红红绿绿的灯光，从地到天，从天到地。

## 3

天没亮，家庆走到公交站，迎面一根灯柱，新贴了讣告，说七七一厂五车间老职工某某去世，相熟的人明日傍晚在此集合，有车送去殡仪馆，多少号厅，追思、悼念，恕乏介催。他看这里环境，宽敞多地，处处方便停灵，但一个规定下来，死人只能摆在特定地方，大家履行程序送一程，开个追悼会，死去的就进了炼人炉。死在城市，悄无声息，仿佛越大的地界，死这回事越小。

家庆踏上开来的公交车，投了币，伴着那一声当啷，背心忽然泛起凉意。

一年前，表哥的儿子海程也那么烧掉。自后表嫂不能上班，成天窝在房间里，伤心又烧脑，慢慢变得痴呆。海程才十一岁，有一天说自己脚疼，又说也不算太疼。小孩爱踢球，要说脚疼也不奇怪，表哥抽时间带海程去厂医院，查来查去，疼的部位拍了片子，医生对着光使劲看，不说结果，建议去市一级医院检查。“当时我心里就咯噔一响，头皮开始发麻！”现在，如果谁愿意陪着表哥说话，表哥就会把相同的话一讲再讲，每个起承转合，都有了固定的表情。果然，到更好的医院一查，查出骨癌。

……为什么一查就是骨癌？为什么前面没有一点迹象？为什么一搞就把人搞上绝路？起初面对儿子的病情，表嫂更多是不相信，不接受，一张口就有一通天问。

没有为什么。忆美，这个世界从来就没有公平，好事落在谁头上谁就笑，撞上坏事只好去哭，不管好事坏事，我们只能面对现实。

毛坯松，你说说，为什么不是你得癌？

忆美，我也巴不得是我。

你是讲风凉话。

你觉得我还有心情讲风凉话吗？确实，你是海程的妈妈，但是，我也是海程的爸爸，只有你或者只有我，海程都不会生出来，不是吗？

作为一家之主，表哥既要承受儿子的病痛，也要承受老婆的宣泄。他又说，好吧，忆美，无论你要我说什么，我都按你的意思说。总之，我们要面对现实，我们要坚强！

表哥神情忧伤，但讲起往事又丝丝不乱，绘声绘色，讲自己曾经说的话，是自己嗓音，复述老婆讲的话，就稍微捏起一把嗓子。讲到“我们要坚强”，表哥右手还一捏拳头，每次讲到这里都一捏拳头。

面对海程的病情，表哥表嫂倾尽全力，要钱就卖了老家的房，要药就上天遁地到处找，仍不能挽回。据说这儿子极聪颖，又懂事，临死并不惧怕。到最后一刻，海程从病痛中挣扎着清醒过来，冲父母说话，字字清晰：爸爸妈妈，我对不起你们，不能陪你们。赶紧生个弟弟，一定长得像我，来陪你们。

表哥复述儿子的遗言，嗓音捏得更细，眼泪也一次一次夺眶而出。他个子高，脸显得很长，泪滴也颗颗饱满。

家庆记得，海程走之前一个月，在佴城，大姨也是进入一种谵妄状态，想将海程挽回，于是什么都信。街边摆地摊老头抻起一块条幅，上书“专治晚期癌症，三天见效”，大姨走过去仔细地问，爽利地掏钱。家庆父亲不经意提起，哪旮旯有个草头医，据说能治晚癌。大姨要父亲一定想起这人在哪，一定要找到。于是，家庆借个车，和父亲、大姨找寻半天，找到偏僻角落那家神草堂，买了三千块钱神药，全都打成齑粉，装袋，塞满两只八磅的水壶，再用 EMS 寄往韦城。街头有 EMS 打的巨幅广告，某短跑名将永远定格在跨栏的一刹那。家庆那一阵止不住地想，这名将一手一个八磅水壶，像寄读生下课抢开水。

在海程活过的十来个年头，也有一两次回到佴城，自然都赶过年时节。家庆陪着父亲去了老家农村，和这表侄错过见面。他只在大姨家里看了海程的照片，一岁的，四岁的，六岁的，开着裆，拿着枪，还是拿着枪，再往下就是坐在钢琴前，鼻梁上架上眼镜。在大城市，每个小孩都不会浪费，会有特长，会得到极好的教育，也更容易成才。家庆在大姨家里看到照片，就很喜欢这个表侄，海程一看就是好孩子，好学生，必然有着远大前途。后面听说海程查出绝症，表哥两口子伤心欲绝，家庆也跟着难过。但这难过，仿佛轻描淡写，表哥一家是在遥远地方承受着苦痛，家庆身在佴城，即使难过，也只是出于礼貌，并不能感受他们的痛苦于万一。他觉得这种难过透着虚伪，只好安慰自己，人不都是这样？欢乐和痛苦，哪能真正分享？

这次他来韦城，见着表嫂以后，再一次打定主意，不住机场镇，就在葵圩找个日租房，把在韦城剩下的日子对付过去。他也跟自己说，不管表哥怎么劝，都是要走，待在表哥家里，那种虚伪的难过就缠绕着自己。

那一晚打牌，家庆又提这事，说还是决定以后一个多月就住葵圩，遇到厨校哪天放休，再赶过来看望表哥表嫂。

那怎么行？表哥把牌一扔，脸色焦急，一时竟无语凝噎。林黎怀也参言，家庆哥，你没看出来，这几天堂嫂的情绪都好起来？

哪能没看出来？这几天，表嫂每天都现面，昨天还进厨房弄菜，等着家庆赶回。小林说，昨天堂嫂随时都盯着门，盯着墙上的钟，坐立不安，等着你回。

表哥搂着家庆肩头，嘴也贴耳，问他，在哥这里住有什么不舒服？

没有，没有！

那好，就算哥我求你，你嫂病了一年多，自从见了你，这几天精神就好起来。你不要再说走不走。你在厨校结业，我都想就近帮你找个事，机场镇房子建得稀稀拉拉，人数不见得比佴城少，毕竟是省城郊区，也好发展事业……

不了不了，结业我要回去，帮毛脸大伯做事。家庆说，这一阵，我每天还住你这里。

那好，说定了，以后不要再变。

家庆重重地点头，心里明白，看这情况，留下来仿佛积德行善，离开就是见死不救，天打雷劈。他又想，待在韦城只有三个月，就当是坐牢，咬咬牙也要挺过去。

私下里，家庆跟林黎怀交流更多。林黎怀虽年纪稍小，这些年到处游走，脑袋里装的事情比家庆多，办法自然也多。某天两人躲在房里吹空调，林黎怀就说，家里遭遇大变故的人，特别是碰到亲人意外离世，就喜欢亲人陪在身边，聊天做伴，是一种安慰。我今年年初就来过这里，早就看出堂哥有这心思，对我越是热情，我就越感到压抑，说实话，我早想离开，但还坚持下来，那一次住了半个月。这次小李跟过来，你也住进来，你感受的压抑，比我上次来要轻很多。我们三个人一起分担。

你是好人！我心里也清楚。表嫂对我的热情，也让我心里面……古怪得很。你说这是什么原因？

我也老在想这事，着实蹊跷。那天晚上，嫂子一见你，眼神就不对。讲到这里，林黎怀把家庆上下打量一番，又问，你说说，你个子多高？

一米六七。

体检表上的数字吧？把鞋跟刨一刨。

林黎怀目光如炬地看着自己，家庆无奈，报出准确数字，一米六四。

这就对了。海程个高，才十二岁，看上去跟你差不多高。他又细又长，你又瘦又矮，身形有几分像，穿着打扮也撞上了，小翻领T恤，七分裤。

很多人都这么穿。

当然，这也不是穿什么的问题，那天晚上，堂嫂只是盯着你的脸。

那天晚上，我也觉得古怪，她一直盯着我看，我就有些紧张。

为什么紧张，其实你也感觉到了，她看着你，却像看着另一个人。

家庆回忆嫂子那晚的眼神，不甚清晰，既然林黎怀这样说，言之凿凿，家庆就认为他讲得没错。家庆说，你是说，那天晚上嫂子看到我，就像看见海程？

是的，那天晚上堂嫂盯着你看，我就盯着你俩观察，我有这个嗜好，喜欢观察。我当时就有这念头，又拿不准。你和海程长得不像，两张脸，各七个窍，没有哪两窍撞山。海程是捡堂哥的模样，我们这边亲戚家里，还有几个小孩，长得跟海程很像，比如鸿宾，还有鸿石，身型、高矮、气质都差不多。堂嫂要找个小孩寄托哀思，按道理，看外貌，不应该找上你。你也就是身高差不多，上下身比例还不一样哩，海程四六，细腿长身，你嘛典型的五分腿。但那一晚堂嫂一看到你，那眼神流露出来，分明就是看见海程了。

这就是没道理了？

也是，你想想，一米六出头的成人不多，但这个头的小孩到处找得到，要多少有多少。为什么堂嫂一看见你，眼神会这么古怪？

林黎怀一张损嘴，有意无意要来点冒犯。家庆无暇顾及，接着问，小林，你脑子好用，再想一想，到底会是什么情况。

这几天我也一直在想，为什么堂嫂偏偏能从你身上看见海程？如果这情况发生在鸿宾、鸿石他们身上，那仅仅是因为相像，看见他们，自然而然就像看见海程，这并不奇怪。但你完全不像海程，堂嫂偏就从你身上看见海程的影子，那应该是……附体。

附体？小林，恐怖片看多了吧。你说点有用的。

真的，想来想去，暂时还没找到别的解释。林黎怀龇起尖牙，表情一坏，又说，当然，我只是提出我的看法。你要不认可，也来讲一讲。

为什么是附体？

为什么不是附体？

到底什么是“附体”？

林黎怀用力想了想。……在我看来，有些现象用常规的思路解释不过去，就要找出一个词进行模糊的归纳。就像“命运”——我们对很多现象完全没有把握，说也说不清楚，就只好笼统地说，这是命运。同样，发生在堂嫂和你之前的情况，我们也讲不清楚，但要说是附体，本来没道理的事情，仿佛就有了道理。

## 4

本来，“附体”只是一件无形无体的东西，一个莫名其妙的说法。家庆当然老早听说过，应该是在鬼片里。很久以前，那些粗制滥造的港产鬼片，时不时扯到“附体”，一个人无缘无故变成另一个人，说另一个人的话，做另一个人的事，人不像人，鬼又不像鬼，让身边的人提心吊胆。现在想想，那都是港产片节约成本的搞法，以最少的钱制造出最廉价的惊悚。家庆从没想过，“附体”这种事情有一天沾在自己身上。林黎怀说起，家庆只是随意听听，看他表情，也是半带戏谑，未必当真。当晚，家庆被林黎怀的鼾声灌醒，再也睡不着，脑袋里老是想着“附体”，想起记忆中和附体有关的电影片段，半夜想起这些片段，会比白天多几分惊悚。

窗外很亮，有很多月光或者灯光涌入，照亮窗口不远一面椭圆形的镜子，泛起一片冷光。借这片光，家庆的目光可以看清房间每个角落，除了自己，还有林黎怀。表哥本来也睡里面的，这时却找不见。家庆侧耳一听，隔壁的小卧室里有窸窣的声响，再一听，有隐隐的哭声。表哥表嫂仿佛习惯了在夜里说话，也许这个时候，他们更容易想起海程，或者离海程更近。

家庆变得清醒，明亮的夜晚让他产生丰富的想法。后来他一点一点盯紧那面镜子，看那片椭圆的暗白的呆钝的光。他忽然感受到一股力量，要把自己拽起，牵引自己走到镜子前面照一照。他拼命打消这念头，也在抵抗着这股力量，摁住自己，不肯起身。他害怕走到镜子前面，照一照，变成另一个人。

他知道另一个人是谁。这人印象已有些模糊，他害怕在镜子里陡然清晰。镜子散发的光，是一种冷冷的诱惑，他用力地闭紧眼皮。这夜色让他胆小如鼠。

终于睡去，闹钟响起时，他睁开眼，白天的光芒替换了夜色，充斥整个房间，那面镜子不再显眼，只是房间里一件摆设。家庆站起来，走过去，照照镜子。他当然还是自己。

晚上再回这里，表嫂弄了满满一桌菜，等着家庆进门再开餐。家庆晚归，一桌饭菜横在眼前。林黎怀的目光率先递过来，仿佛是说，你干的好事，让我好等。家庆赶紧说，厨校有吃的，白天练手艺，弄各样的菜，晚上必须吃掉，我肚皮都已经撑得滚圆。当然只是借口。在新实习厨校的课堂上，学员练切工用树叶，所以学校周边的树都倒了霉。或用橡皮泥捏了切，切了再捏成萝卜或者黄瓜，反复使用，练掂勺是用河沙，别的项目也尽量找出代用品。如果全用真材实料，那就不是穷小子学厨艺，而是败家子烧钱找开心。

林黎怀说，肚皮翻出来，看看圆不圆。

表嫂说，学校有吃的，少吃一点，回到这里当是消夜，我们都等你。不等家庆搭话，表嫂一只手又抚摩过来。大夏天，隔着衣衫，家庆能够感觉这手纤细且冰凉。表嫂又说，你还在长身体，不怕消夜长胖。

林黎怀说，人矮，吃胖一点也好，才有体积。又矮又瘦，太不显眼，走在路上你自己不走丢，别人容易看丢。

表嫂杵表哥一眼，表哥也必须发言，便说，是的，我们一定等你。大家凑齐了吃，这才热闹。

于是只好埋着脑袋吃。表嫂坐对面，自己不吃，频频往家庆碗里夹菜。她恨不得家庆的饭碗大如斗箕，怎么夹都夹不满。家庆一开始还挣扎，脸上挂出苦相，求情讨饶，嫂子，真吃不了，肚皮已经撑起来。表嫂一个劲劝菜，嘴上说，你总是这样，要你多吃点，像是害你。家庆还要坚持，肚皮确已撑着难受，特别在这溽热的盛夏，胃口本来就不振奋。

你怎么总是这样？

我本来就吃不了多少。嫂子，我已经二十多岁，不长身体，没那么多消耗。

你怎么总是这样？我讲什么你偏不听。你怎么老喜欢跟我作对？

我……我哪里跟你作对了？家庆这时听出来，表嫂话音已经异样，抬眼一看，她眼里再次噙满泪水，怔怔看着自己。她委屈、无奈、失望，随时备好大哭一场。在她身旁，表哥和林黎怀齐齐抛来怪罪的眼神。

什么都不说了，家庆赶紧往嘴里扒食，梗起脖子往下咽。

连着三天，家庆都吃得撑，肚皮滚圆，躺床上不好动弹。

这天睡前，表哥进来跟他道歉。家庆，你不容易，但要理解表嫂。她的情绪，始终走不出来那层阴影，容易歇斯底里。

家庆说，知道。

也就几个月时间，家庆，大哥拜托你，一定要帮这忙，不要跟你嫂子犟，不要抵触。你就当她是一个病人，她也确实……

不说了，哥，我心里明白。

表哥已经无语。这一年来，他也下岗，七七一厂不再生产军械，也不造压力锅。表嫂原本在外企上班，海程死后辞职在家。现在两口子有外债，无收入，这样的日子还不知要持续几时。一想想表哥面临的困难，家庆就骂自己，你每天晚上把肚皮撑圆，又算多大的事？

那天临睡时，表哥塞家庆一个小盒，说这东西管用。家庆一看，是健胃消食片。林黎怀还没睡，探头探脑地看。家庆吃了三片，将小盒递过去问，你要吗？

健胃消食片？林黎怀摇摇头说，我的妈，我哪有资格吃。

家庆也不理会。林黎怀说话总是这副腔调，哪天他讲话与人为善，没了尖酸气味，那肯定是被别的人附了体。

其后几天，家庆及时赶回机场镇（说及时也是很晚），吃那顿丰富的晚餐，成了必须完成的任务。每次推开门，看到他们四人等待自己，家庆心底也有感动，更多了五味杂陈。他有一种脱不了身之感，表嫂的眼神，表哥的无奈，小林时时翘起的嘴角，都在这小小的房间里发生某种化学反应。一上桌，这种难以脱身的痛苦，就变化成为一种使命感，往嘴里扒饭，要用力，嘴要张大，还要显得挺享受。即使有空调，家庆额头也不停地沁出汗，用力、张大嘴、显得享受……每一份故意，都消耗着体力，增长了体温。表嫂眼尖心细，守在一旁给他擦汗，一有就擦，还有再擦，擦得家庆甘心情愿淌出更多汗水。

隔得近，家庆也不时闻到表嫂身体的气味，最容易分辨的，是有一股伤湿膏的成分。伤湿膏的气味，是一种异常忧郁的气味。

表嫂给家庆擦着汗，他眼睛却看向林黎怀。还好，小林在跟小李撇嘴，因为小李打算将食物喂给小林。

每晚吃饭时候，表嫂都要问，什么时候你们那里放假？一个星期？家庆摇摇头，说没个准，要看学校安排。每个月，也就两天休息。大家老远赶来韦城，多待一天，多有一天花销。表嫂失望，说那就等吧。定下来，告诉我。

有事？

我们一起出去走走。表嫂说，整天闷在镇上，不行的。有空我们一起出去走走，包括小林，他倒是随时有空，就等你。

表哥的眼神又杵过来，生怕家庆不配合。现在，表哥总是忧伤又满含期待地看着别人，怕他们忤逆表嫂的心愿。表哥这眼神，已经操持得到位，适时地杵过来，如芒在背。家庆心里也说，拜托学校，早点给个假日。学校说是每月两天休，具体怎么安排却是临时决定。家庆也想到请假，但这念头总是一闪而过。

5

放休的日子，不急不缓地来临。那天表嫂起来很早，敲响这边门。那天林黎怀和小李也待在家，人全部被叫起来。早餐已经备好，整齐摆在桌上，每人一份。饭后，五人一齐出门，小李个也不高，整体看上去，是三长两短的格局。

表嫂将这天的行程做了精心安排，动物园、韦城海底世界、大韦山公园……行程安排紧凑，线路和时间表也合理规划过。表嫂恨不能执一面小旗，导游般地引领大家。

出门又是坐公共汽车，赶到动物园，下车。售票窗有长长的队列，大都是大人带着小孩，小孩小到可以扛着搂着，或者跨骑在脖子上。而他们五人，全都成了年，看起来颇有些不一样。家庆跟自己说，这么多人都是看动物，有谁又觉得你们五个不一样？你这是神经过敏！

从昨晚开始，家庆便开始紧张，知道放休这一天比上课还累。昨晚上表嫂将行程宣布，他只管听，根本没想到要提些意见。表嫂似乎还征求了他的意见，家庆，动物园去过吗？……没去过？那一定要去，里面有懒猴、老虎、白狮子、山魈、长颈鹿和小熊猫。家庆点点头，他知道自己并不感兴趣，虽然他一次也没到过动物园。不一定每个人一生当中都要去一次动物园，人活着不是为了逛动物园！但家庆什么也不说。

表嫂见家庆点了头，又顺嘴来一句，对，都是你喜欢的。

都是我喜欢的？家庆稍微一愣，马上说服自己，喜欢就喜欢嘛，有什么大不了？于是，又把头点一点。

票自然由表哥买，他高高的个，在队列中缓缓向前。表嫂一把抓住家庆的手，拽他走到一棵细叶榕的树荫里面，一绺绺气根垂在他头上。阳光浅浅地涂抹下来，有几个家长抱着几岁大的，娇嫩的小孩在树下躲荫。家庆稍用些力气，想将表嫂的手挣脱，表嫂似乎并不在意，但她的手却抓个更紧。林黎怀和小李站在两丈开外的地方，似乎一直盯着这边看，林黎怀嘴角似乎在笑。

表嫂手一扯，他就跟着走。

林黎怀和小李本来在后头，入园后就挤到前面。林黎怀冲着家庆认真地一笑，再郑重地拉起小李的手，前后摆荡，以吸引家庆的注意。随后，两人故意落到后面，拉开一两丈距离，一路跟随。于是，这五人就分成两拨，前面两长一短，后面一长一短。表嫂的手始终拽着家庆，还不时掏出纸巾，擦去家庆额头若有若无的汗水。表嫂指使表哥买冰激凌，说“就要一直吃的那种”。表哥转身待走，坚决执行命令。表嫂忽然想起什么，又说，算了，不能让他乱吃东西。表哥为难地看看家庆，家庆不看表哥。表哥凑近表嫂耳根说些什么，然后过去买了三个冰激凌。他两口子不吃。

表嫂一直拽着家庆。她这天穿了网球鞋，平跟，他仍是矮她差不多一整个头。在动物园，家庆没有期待，没有惊喜，一路跟随表嫂的牵引，她指他看哪里，他就看哪里。他觉得那几只山魈看自己的眼神，也是有些古怪。而林黎怀和小李，似乎兴致不错，他们不看动物，而是盯着家庆。他俩时而交头接耳，主要是林黎怀讲些什么，小李负责哧哧地笑。他俩舔着冰激凌，也舔对方的冰激凌，仍然没闭上嘴。

家庆的头皮忽然就开始发麻。他把剩下的冰激凌一口吞服，一阵凉意冲上耳根，再到脑门，头皮瞬乎一紧缩，仍是发麻。

出了动物园，快到中午，表嫂仍按原计划，去到相邻的海底世界，看完再吃午饭。家庆已经习惯了牵手，他俩时时牵在一起，有时是表嫂捏着他胳膊，有时两人的手像幼儿园小朋友一样拉起来，有时是两人的手指绞起来。她的手颀长，他的手粗短，这些手指绞得再紧，也没有亲密感。家庆感觉有些费劲，绞一会就绞出了油汗，把注意力放到别处，这时肚皮就饿出了响声。从头顶游过的那些斑斓的海鱼，让他不时想找一支大号铁钎，串起来烤。

表嫂严格按照计划好的线路走，当然，也有临时起意的决定，比如从海底世界出来，站台上等着公交，表嫂不经意看见马路对面有一家“伊纯”品牌店。

过去看看。她对众人说。

一路都是她在安排，别的人只管听从。家庆不关心服装，反正任何成品裤装买到手里，都要剪老长一截裤管。他对伊纯这牌子还是略有了解，运动加休闲为主调，算是品牌，价格媲美地摊，半大不小的孩子专享。他心里还说，表嫂心态倒还可以，喜欢伊纯。正这么想，表嫂就在店门口冲他招手，叫他过去。家庆头皮又是一麻。这一阵，他像是被重庆火锅汆过，随时发麻。

家庆走进店里，表嫂行事麻利，挑好几件衣服，全都挂在右臂。她冲他说，这几件都好看，来，试试。

家庆摇摇头，说不用。

怎么不用？表嫂疑惑，又说，你一直都喜欢穿伊纯的衣服。

家庆想说我从来就不穿“伊纯”。话没说出来，左右各有一只手，按在肩上，掐在腰际，都是提醒他，讲话要注意。无须扭头，家庆已然感受到，表哥那两行满含忧郁、满带哀求的眼神又压了过来。他不但头皮发麻，脸皮还一抽一抽。林黎怀弯下腰，扶着家庆的肩，亲密无间的样子，轻声告诫他，你要记住，在嫂子面前，你会突然就不是你，你是另一个人。

那个词，此时在脑海中电光石火般闪过。家庆便告诫自己：这时候，你是另一个人!

于是，他接过表嫂递来的第一件衣服，稍微瞟两眼，就说行。表嫂照着家庆的身背比一比，显大，换成小号。表嫂替他逐件地试，表哥还有林黎怀在一旁不时点着头，说这件合适，这件也合适，仿佛家庆变成一个衣服架子。衣服挑出一小堆，表嫂毫不犹豫，一边掏钱，一边还说，伊纯就是适合你穿。

走出商店，前面铺出一条斑马线，那一头亮起绿灯，还跳秒，剩十余秒。表嫂转身向后，两眼焦急地寻找家庆。看见了，扬起一只手，急促地、用力地一招。家庆来不及想，也来不及犹豫，赶紧往前蹿，老早把手伸长。表嫂拉着他过马路，两人一溜儿跑，表哥在前面带路，林黎怀和小李在后面掩护。那绿荧荧的表盘快速跳着字，六秒，五秒，四秒……最后一秒，过完马路，表嫂长长地嘘一口气。这马路过得，简直是美国大片屡试不爽的最后一秒拯救。

马路已穿越，家庆用了些力气，要挣开表嫂的手。表嫂回过神还愣了数秒，才将手放开。到这时候，家庆认为自己已超额完成任务，已仁至义尽。接下来的时间，接下来的行程，家庆有理由拒绝表嫂的呵护，独自走路。

再一走，五人就拉开了距离，分了三拨，队列变成：两长、一长一短、一短。

## 6

厨校很快又放休一天。每月两天放休，有时好久不放，有时连着放。

那天表嫂带着家庆去韦城市区逛了一圈，不管家庆心里对此保留了什么样的印象，表嫂倒是来了情绪，不几天就问家庆，你们学校哪时候放休？

刚放休。

哪时候放假，我们去远一点的秀灵寺，那里面很灵。

我们刚放休。

家庆讲话勾着脑袋，像做错事的孩子。他当然不会跟别人说，那天放休，第二天早起搭车赶去葵圩，心中竟是说不出的松快。早班公交很空，扭头往后看看，背景深处仍有飞机在灰蒙蒙的光线中起落，整个机场镇，此时都缄默地浸泡在清冷的晨雾当中。公交慢慢往前晃，拐个大弯，机场镇消失，家庆感觉是一场逃跑行动。他不想再回这里，但他只是想想，心里念着，毕竟是一天少一天，待在韦城统共也就三个月。

如果日后回忆，三个月的时间，瞬间就在脑袋里过一遍。但在事发当时，每一天都要克服某种心理障碍。

这天放休，家庆照样早起，或许因为做贼心虚，晚上没睡好，起得比平时更早。表嫂帮他弄好早点，牛奶、鸡蛋和自己摊的锅块。他煞有介事地狼吞虎咽，然后出门去赶公交。车一动，他感觉仍像是逃跑。逃跑，以前他一直认为是一个狼狈不堪的词，专门贴在国民党蒋匪军或者日本鬼子的脑门上；现在才发现，里面竟有很多妙不可言的东西。

赶到葵圩，时间尚早。新实力厨校租用省农机中专的一幢教学楼开办，省农机中专放暑假，新实力才会显得较有实力，扩大招生。家庆赶到时，教学楼大门还没开，又等一等，门一开径直走向自己那班的教室。不光他，还有不少同学待在教室。他们可不像高中生，是温习功课，备战高考。每间教室里都开起好几桌牌，有的还买来塑料麻将，铺层报纸也能搓出哗哗地响。放休时的厨校，比平日更多几分热闹。家庆不常来，来了同学们也欢迎，打牌不愁人多，就怕凑不够数。家庆上哪桌都是一样，在这里打牌，虽然也有彩头，但输赢都很小，每手进出块八毛，一天下来进出不过几十。这点钱，相较于一个刚从苦难境地逃跑而来的人，实在是微不足道。甚至，家庆还感谢有那么一帮同学，适时地陪伴着自己。学厨师大都是读书成绩不好，家庭状况也不好的人，大家凑在一起，有那么点同甘共苦的意思。

家庆选择了三打哈。四个人抓两副牌，铺八张底牌，抓完叫分当庄，换那八张底牌，一人对付余下的三家。家庆脑子不是很聪明，打牌也不事声张，却打得很稳，多少还能赢几块。赢多了也没意思，要管盒饭，同学间打牌，主要是为了消磨时间，再就是一团和气，增进友谊。家庆多少也有算计，既要赢几块，又不能赢到管盒饭的地步，要把握好这个度。打牌便在一种欢乐祥和的气氛中进行，教室里有此起彼伏的叫嚣声，有人把牌砸得很响，有人输了会朝天骂句脏话，都无伤大雅。

这时，表嫂悄无声息地出现在桌边……当然，这么说并不准确，表嫂确实是不声不响地往里走，但她作为一个女人，长得像竹竿一样高，到哪里别人都不会熟视无睹。她一进来，很多同学就注意到了，家庆却没看到，他一门心思在把握赢钱和管盒饭之间的度。别的同学看到这个女人走到家庆身畔，他们都没看出这两人什么关系，家庆手中的牌被表嫂一手撸了过去。

……你骗我！

她无尽失望。她又伸出长长的手，一抹，桌上沓起的牌全被抹了下去。她冲另几个发蒙的学生说，你们怎么能这样？你们把他带坏了。

没人吭声。这女人个高，来历不明，表情凶狠，气势汹汹。这一帮二十来岁的愣头青，哪知道是什么情况。

表嫂！

家庆叫一声，别的人就更恍惚。这高个女人，女朋友不像女朋友，也肯定不是家庆的妈，没想竟是表嫂。一想又不对头，一个表嫂哪会操这份闲心？其中必有隐情，年轻的头脑都喜好想象。平时在班上不显山不露水的傅家庆，此时忽然成为关注对象。而家庆，他没有任何选择，站起身往外走，又是一次逃跑，逃离同学们的眼光。他享受不声不响地活在人群当中，这一个多月时间，他也基本达到自己的目的，但这一下，表嫂让他昭然若揭，前功尽弃。他走出教室，走出教学楼，直冲着校门而去，要把表嫂甩在后头。但这也不容易，虽然他频率很快，但他的腿短，表嫂跨一步几乎等同他跨两步。快到校门时，表嫂已经赶上他，手一伸，就抓住他一条胳膊。

他不敢用力挣扎。

你怎么能这样？

我怎样了？

你怎么能这样？明明今天也放休，你还偏要装得有课，起得比平时还早。你当我这么好骗？我只要给你们学校打个电话，什么情况就一清二楚了。

我过来找同学玩一玩，我不喜欢和你们待在一块。这有什么错？

不喜欢和我们待一块？表嫂用指甲剔剔眉，审视着家庆，操起越发严厉的声音，你一直都不这样，你不能被那些野孩子带坏了。你一直都是最听话的。

我一直我一直，我一直怎么样，我到底是什么东西，你根本就不知道。家庆氽了氽嘴皮，没忍住，继续说，我又不是你家夏海程。

你不是……我知道我知道，你是毛坯松的表弟，你叫家庆。表嫂恍然大悟似的，而那张狭长的脸，像捏皱了的卫生纸，且在进一步变皱。家庆看着表嫂脸色变化的过程，忽然又涌上来一大片羞愧。他觉得自己对不起表哥，对不起表嫂，更对不起海程的在天之灵。再过一会，表嫂就抽泣起来。家庆想到两人还没有走出校门，站在这个位置，同学们趴在教室外的栏杆上，能清晰地看见。家庆赶紧挽住表嫂的手，想把她拉向外面。

当然，此时嘴也要予以配合。家庆说，我错了，我……

你有错没错，其实不关我事。表嫂停止了抽泣，身体随着家庆的牵引而动。只消几步，走出校门，再转个弯，家庆就放心了。

我跟你回去。

不要让你为难。那帮野小子还等着你回去，接着打牌，赌博，不务正业，荒废青春！

不，我跟你走！

你为什么跟我走？

因为，因为表嫂关心我。

这就对了，你是个明白人，我感到很欣慰。表嫂把手搭在家庆肩上，搂着他靠近自己。家庆很配合，像个孩子似的依偎着表嫂。他的脑袋几乎就在她腋窝下面，他的脸好几次撞到她的一排肋骨。表嫂很瘦，那排肋骨隔着单薄的衬衣，也能显露它的锋利。

两人刚走到公交车站，229路车就晃晃荡荡地开来。两人上了车，除了司机和售票员，就他们两人。这个时间真是不早也不晚，赶得巧，公共汽车都变成他们的专车。即使车内宽敞，座位到处散落着，她还是要半搂着他，似乎只有一刻不停地搂抱，她才感到安心。

## 7

离机场镇还有三站，表嫂把家庆肩头一掰，示意下车。这一站名叫“枧湖东”，下去走几百米有一片湿地公园，水中是莽莽苍苍的芦苇，岸边每一棵细叶榕都撑开巨大的伞穹，围着树干有一圈用角铁固定的木椅。表嫂又把手伸来，家庆接住。他已然适应了牵手，若表哥在一旁，尤其是林黎怀也在，心里多少会有疙瘩，而现在，只有他和表嫂。正午，阳光肆虐，湿地公园弥漫着一股水腥，视野之内只有他俩，没别人。俩人在公园转了一阵，家庆看出来，表嫂一直在努力回忆着什么。当她走近一棵树，便眯起眼睛仔细打量，觉得不对劲，又挽着家庆走向另一棵树。终于，她找见了记忆中那棵树，尽管在家庆看来这些树本就长得跟国旗卫士一样雷同，还经过修剪，不让任何一棵树显露出特征。

表嫂坐下，无须指示，家庆也贴着她坐下。树荫浓密，湖面还有风吹来，竟是丝毫不热。

……以前，你表哥喜欢带我来这里，那时候我们还没结婚，其实我有很长时间没打定主意嫁给他。

表嫂看着湖的远处，讲起往事。

……追我的男人很多，甚至有矮我两个头的，也敢来追我。当然，也有很多比你表哥优秀，你表哥毕竟只是一个工人，但那时候，我们都很单纯。

她陷入往日的情绪，讲起初恋（并不是和表哥），她皱巴巴的脸就现出一丝甜蜜，甚至有了一抹红晕。转眼，她的表情又变了沉重，告诉家庆，后来海程也喜欢陪我来这里，他很喜欢这个公园，有时候，还能到水边翻出一两只螃蟹。他喜欢螃蟹，所以他从不吃螃蟹，大闸蟹也不肯吃，他是一个充满爱心的孩子，但为什么是他死得这么早？

表嫂眼角又噙起泪滴，翻滚欲出。

家庆坐直身子认真听，像是回到读书的时候，抢当好学生。表嫂絮絮叨叨地讲述往事，一下子是甜蜜的爱情，一下子又跳切到爱子不幸的经历，一下子又说起别的毫不相干的事。她似乎并不需要家庆的呼应，只要他作为一名听众，沉默地听下去。家庆既然坐在一旁，不搭几句下茬就会心虚，担心表嫂以为自己没有用心听。于是，他嘴里不断发出这样的声音：嗅……哟……是么……嗅……

风景纵是不错，在大太阳底下亮得团团发虚，盯着看一阵也累。无论家庆下了多大的决心，要将表嫂讲的话认真听下去，他还是不断走神，听着她讲表哥，家庆脑子里或许浮现某部恐怖片的场景，听着她讲海程，家庆脑子里没准出现的是《动物世界》里某种憨态可掬的动物。

很快，家庆就累得不支，想挺过去，越发没有精神。没有办法，无论谁看着单调的风景，同时听着纷乱杂沓的叙述，都会很快进入睡眠状态。这或许是人必须具有的某种趋利避害的本能。家庆左右为难。睡，还是不睡？这真是个难题。表嫂此时情绪很是饱满，嘴皮一刻不停，还不知要说到什么时候。

你是不是累了，想睡？表嫂瞥了家庆一眼，知冷知暖地问一句。

家庆不敢跟她客气，顺势点点头。

是的，你一般到中午都要睡一会。

家庆仍是点点头。他没有养成午睡的习惯。他还年轻，这几年下岗闲在家里玩游戏，除了没钱就没别的压力，凭什么中午还要睡一把以补充体力？他体力富有余裕，真想给那些成天忙得连轴转的人卖一些。

既然想睡，就睡，不要勉强自己。

家庆脱了鞋，要在长椅上睡下。表嫂又说，来，把头枕到这里。她还拍拍她屈起的长腿。

不了，就这么睡。家庆将手指交叉往后脑勺一兜，就成了个便携枕。他把两眼闭紧，似乎想抢得先机。但表嫂不是一个好糊弄的女人，她冲他说，你今天怎么搞的？

怎么怎么搞的？

以前你最爱枕到我腿上，我好帮你撵蚊子。这里蚊子多，毒，一盯一个肉嘴，几天都消不了。

嫂子！家庆认真叫了一声。

又怎么了？

每个人有每个人的习惯，我不喜欢睡在别人腿上，也从没睡在别人腿上。我会感到很别扭，再说我脖子很短，枕高了，容易扭着脖子。

表嫂看着他，良久没有吭声。他意识到，人必须得清晰、准确、充分地表达自己的意思，这可以减少不必要的麻烦。总结完经验，家庆再次郑重地将眼睛闭上。凉风，蝉噪，适宜睡觉的环境，家庆却好一会没有睡。他慢慢放松了警惕，头脑中的意念刚开始转化为梦，果然，耳畔一声炸响，再过十数秒，家庆确定自己吃了一巴掌。

……真的有蚊子。

表嫂摊开手掌，证据确凿，这一巴掌绝非寻衅滋事。

嫂子。家庆怔一会，又说，我们回去！

不行，你刚睡下。

表嫂一边说，一边贴着家庆脑门顶坐下，不容分说捧起他的脑袋，往自己一侧拔了拔，像是拔一棵大萝卜。于是，家庆顺这股力道挪了挪屁股，脑袋再往后一枕，准确地落入表嫂计划好的位置。这一切如行云流水，仿佛彩排了很多次，以至家庆没能拒绝。表嫂的腿有够长，且不粗，拿来当作枕头，弹性也正好，基本算得上舒适。家庆就这么躺了上去。小叶榕的叶片挤挤轧轧，密密麻麻，但仍漏下几丝光线，有绿豆大的一个光斑，正好贴到家庆左眼皮上，表嫂先是用手遮挡，然后将腿微微挪动，不让那点光斑干扰了家庆睡觉。家庆一睁眼，表嫂的目光正流泻下来，慈祥地沐浴着他。家庆只好再次闭上眼。

大多数时候，表嫂身体向后靠紧椅背，但她显然没睡。夏天，飞虫如此之多，表嫂提高警惕，随时驱赶，不让任何一只侵犯家庆的身体，哪怕仅仅是降落到家庆肩胛上稍做停留。当她身体往前倾斜，胸脯就顺势堆在家庆脸上。平日看上去，表嫂仿佛是个没有胸的女人，其实不然。当她这么坐着，身体再前倾，胸脯就随着自然下垂的力量，滚动而出。表嫂时而后仰，时而前倾，她的胸脯不时地贴过来，家庆感到一阵阵暖热。

反复几次，家庆再怎么闭眼，脸上的触觉已经变得敏锐。家庆等着感受那一份弹性，更多的，却是闻见伤湿膏的气味，汹涌而来，漫无边际。家庆知道，此时想要睡着，几乎不可能。他不动声色地展开联翩的浮想：既然表嫂一定把我当成她儿子，如果她一念恍惚，掏出一只乳房，递过来，喂给我，这如何是好？

这样的想法，纠缠着家庆，且有极强的自我繁衍能力。过得不久，家庆发现自己下身有了反应，脑袋嗡的一声就炸了。他穿了短裤，绷在肚脐眼下面。要是下身彻底地反应开，撑起来，这短裤遮挡的作用有限。更要命的是，他躺在表嫂的腿上，表嫂两眼探测灯似的盯着蚊虫，同时也紧密监视着家庆。如此一来，到时家庆想出手相救，将那东西掰弯了塞回去，也困难重重。家庆提醒自己，马上处理这个问题，刻不容缓。于是，他岔开心思想别的事，而且尽量要想难过的事情，以浇灭身体内这股不期而至的邪火。难过的事情倒有现成，家庆去想那个海程。在表哥家里待这么久，他并没看见海程的照片，估计是故意收了起来，以免表嫂不经意地一瞥又翻起旧痛。因为记不清海程长相，家庆再怎么费力，这事情仍跟自己关系不大。人的欢乐容易传递，能说会道的人，讲讲笑话，很多人会捧起肚皮，前仰后合。但是，痛苦的感受却相对私人化，难以交流。比如谁得癌症，再怎么跟旁人描述他的剧痛，别人嘴上安慰，心里面还嫌他啰唆。

家庆发现自己的阴茎在长，一点点生长，像一颗泡发的种子，遭遇适度的空气和温度。他思考良久，仍是不敢伸手去掩饰，他就让它这么长起来，身体的一部分，和整个身体形成了直角。他闭着眼，静静感受表嫂是否发现，有什么反应。她从未睡去，时不时又往前一仰，胸脯滚出来，然后，胸脯滚回去。

过了很久很久，家庆仍是未睡，但能感觉表嫂已经睡了。他微微睁开眼，表嫂是往前趴着睡着的，她用一截前肘，阻碍了家庆的脸和自己的胸发生直接接触。表嫂的不少发丝垂在家庆的眼前，家庆看得清楚，表嫂的黑发与白发缠杂在一起，花花麻麻，几乎各占一半。他眼角一抽，仿佛又看见几绺头发瞬间变白。

不久，表嫂就找到了事做。她已经辞职一年多，待在家里，什么也不想干。如果她想干活，有人等着聘她，因她看着像是打篮球的，其实是高级会计师，干份兼职也能赚钱。表嫂找到事做，倒不是挣钱，她去那家公司离葵圩近，上班时间又自由，早上跟家庆一同出门，下午掐着时间搭公汽赶往葵圩镇，接家庆放学。

她第一次是径直走到厨校里面，家庆的班级门口，听一个姓蔡的师傅讲各式牛排的煎烤要领。这没有实物，也没有替代物，只能纸上谈兵，所有人都昏昏欲睡，但表嫂站在窗外听得很认真，慢慢地，睡着的同学都睁开眼，齐刷刷往外面看。有人就冲家庆说，家庆，你妈接你放学。

家庆睁眼一看，笑一笑。这也没什么可解释。

回去的路上家庆就和表嫂商讨，请她不要再来，他已成年，无须有人接送。表嫂脸色为难，说正好成天没事做，从机场镇坐车来葵圩，一路看看两侧的田野山岗白云清风，心情会好很多。她不说是接他。家庆没辙，只好说那你就到学校外头，我到时走出来找你。

经过讨价还价，这事俩人各让一步，每次放学在厨校大门一侧的烧仙草店门口碰头。表嫂每天都穿不同的衣服。她以前就爱买衣服，都堆在衣柜里，现在每天一换，把从前的自己找出来。她还去染了头发，全都染黑了，乌黑油亮，并扎成两道辫子，每一道都很粗。她往脸上描淡妆。所有的努力都不会白费，表嫂正一天一天变得年轻，本来凹下去的脸颊又弹回了原位。她时而哼起老歌，她喜欢哼“跑马溜溜的山上”。

于是，家庆心情也相应起了变化，某一天他突然发现，自己还是蛮享受表嫂来接放学。虽然这让自己显得小，毕竟是有人关心。他远远地看着表嫂耸立在那里，朝她走过去，心里偶尔会想，以后有了女朋友，她在某个地方等我，我走向她，心情又会是怎样?

如果时间早，公汽一路没挨堵，表嫂便会在“枧湖东”下车，去湿地公园坐一阵，等到太阳落山，再带着家庆回家。这时节白天挺长，两人在湿地公园经常待上两小时。表嫂时而关切地问，累不累？家庆一般都说不累，偶尔心子一颤，说自己累。于是，他又可以拿表嫂的腿当枕头，睡一小会。表嫂的胸脯仍然会汹涌而来，弹在脸上，又退潮般消去。家庆早已适应，有时候会睁眼仰看表嫂，而表嫂回敬以慈祥的笑容。那个念头也反复出现多次：表嫂将外衣和乳搭子捏在一起，往上一搂，乳房就蹭出来。吃，还是不吃？这不重要，只要想想这个动作，家庆心底就会激起层层涟漪。

当然，家庆懂得自制，每次枕在表嫂的腿上，想象贴着表嫂的身体蔓延开去，稍过一会他脑袋便受冷似的抽一下，同时提醒自己打住。他跟自己说，女人的乳房，无非是一大坨肥肉上面点缀一丁点瘦肉，为什么老想噙在嘴里？即使有这想法，世间万千女人，我怎么能冲着表嫂来？即使她主动递过来，谁又能承受她如此忧伤的乳房？

道理一讲都通，家庆好不容易说服自己，打消脑袋里丑陋的念头，同时也悲哀地知道，只要跟表嫂在一起，只要还枕着她的腿睡觉，这些想法必然再次冒出来。

8

这天晚上林黎怀请客，不是买一堆油炸食品和听啤，而是要拉大伙出门，打车到三十里外的阚角古镇吃臭鳜鱼。

林黎怀提前一天就打招呼，家庆哥你明天早点到，翘课也要早点，八点准时出发，喝个痛快。这是一场为了告别的聚会，林黎怀晋升为公司总部的销售主管，要去三百公里外的宾城坐办公室，从此有小秘端茶倒水或者投怀送抱，再来几个小弟，当成狗一样呼来唤去。林黎怀自己讲的，这就是他人生理想，庸俗，但那些高雅的东西，就像小李一样，天生跟他尿不到一壶。此次升迁，显然离他的猪栏理想又近了一步。小李不这么看，她坚信林黎怀有着高尚情操，只是理想未成之时做些玩世不恭的模样。林黎怀暗自跟表哥和家庆说过，看出来了吧？这个小李，她天天想着怎么挽救我，我逃出了老家，还是躲不开一个妈，你们说我日子苦不苦？

林黎怀要走，小李当然无怨无悔地跟上。虽然林黎怀一张臭嘴时而伤人，但他此时要走，家庆心里也是舍不得。有林黎怀在，有小李在，表哥家里的阴郁气氛就多几个人承担。

这天，表嫂照接家庆放学，两人跨进屋，七点半刚过。表哥和林黎怀、小李早已候着，等人来。马上要去消夜，表嫂说累，不想去。表哥也不多劝，说我们几个出发。事实上，表嫂不在，晚上喝酒肯定更有气氛，林黎怀可以尽情使坏，说话毫无忌口。表嫂往那一坐，眉眼中的悲哀幽怨，对别人的情绪总归是一种抑制。林黎怀拉开门，众人正要往外走，表嫂跟家庆说，你留下来陪我。

家庆不吭声。

表哥说，林黎怀要走，家庆跟他也相处这么多天，兄弟一样的，是要送送。

表嫂说，他还小，不要喝酒。你们不要把他带坏了。

林黎怀说，家庆比我大，我老老实实叫他哥。

表嫂说，都走吧，都走吧，留我一个人在家里。

表哥说，忆美，你也可以跟我们一起出去吃。

是啊，你天天都可以吃吃喝喝，我没有心情。

你最近一直都很有心情啊，今天怎么就……

我有什么心情？毛坯松，你家来这么多客，我强开笑颜，好好待他们。你摸着良心说说，海程一走，我哪还可能有心情？

忆美，你是不是累了？早点休息，我和他们出去一会。

家庆留下来陪我。

家庆为什么要留下来陪你？忆美，你要讲讲道理。

毛坯松，碰到你这么个通情达理的男人，我要太讲道理，简直让你没有发挥的余地！

小李赶紧插进来说，不去了不去了，今天我们都早休息。

林黎怀把小李一扯，说这有你什么事？说好的，为什么不去了？

他这话当然不光是讲给小李听。表哥一脸无措，搂着表嫂的肩，好说歹说把她哄进那间小卧室，关上门。两口子一阵密谋，房内的声音时而要爆响起来，却又一次次压下去。林黎怀、小李还有家庆，在门外面面相觑。此时，这屋子里气氛太沉闷，不出去喝喝酒消解掉，实在难以过夜。

终于，门开了，表哥径直冲着家庆说，家庆，你好好讲，你想不想去消夜？

想！

看吧看吧，他自己就这么说，是你理会错了。

门虽然开了，家庆看不到表嫂的脸，也不敢看。

阚角的夜晚熙熙攘攘，是韦城著名的旅游景点。家庆也看不出有什么好，说是古镇，水面流溢着油彩，空气中有幽微的腥臭，还不能理会，越理会这股气味越是沁人心脾。再说，每一处古镇仿佛都是这样格局。

但是这夜，换一个地方，几个人心情一齐得到放松，喝酒也快，转眼啤酒喝下一打。表哥状态来得最早，酒嗝时不时喷出一个，难以自控。再有一会表哥脑一歪，趴桌子上便睡。趴着睡，也喷出鼾来，表哥的鼾声和臭鳜鱼的臭味相得益彰。本来这点臭是恰到好处，诱人食欲，但伴以鼾声，家庆老觉着这臭味是表哥鼻孔里喷出来的，自然就把筷头一甩。林黎怀要发动，便和他碰一杯。

家庆哥，我们一走，就剩下你一个人陪着嫂子了。

什么话？小李说，还有堂哥，你们三人。

是啊，你们一家三人，现在聚齐了，多我俩还碍手碍脚。我俩也该离开了，要不然真是自讨没趣。

你怎么这么讲话？

你心里巴不得我走是吧？林黎怀招牌似的坏笑，在酒精作用下更多一层夸张的效果，嘴角几乎能扯到耳根。

小李嗔怪地说，林黎怀，你又喝多了，人家为什么要巴不得我们走？

为什么？你们女人，真是看不出事情。林黎怀说，家庆哥，现在经常和嫂子去枧湖公园逛一逛吧？

你怎么知道？

要想人不知……呃，不是那个意思。我只听堂哥说，以前海程喜欢去那玩，表嫂就经常带他去。以前带海程去，现在带着你去。家庆喝了些酒，瞪着林黎怀，脸色渐变。林黎怀赔着笑脸，尽管是坏笑，且及时地端酒找碰，并说，不要不好意思嘛。附体这种事，一开始总有些不适应，你毕竟是你，忽然要变成别人，有一个接受的过程；但一旦适应过来，发现当另一个人，就有另一个人的趣味，你就慢慢能够适应了。

家庆没再吭声。林黎怀讲的损话伤人，但又不无道理，他的阴损在于他有一种古怪而犀利的眼光，将人看穿。家庆知道，林黎怀和小李的离去，确实让他有了矛盾的心情：既感到孤独无助，又有一种说不出的轻松。不知不觉间，他已习惯与表嫂相处，比如在湿地公园里面，他习惯了将头枕在她腿上，在夏日午后荫翳和蝉噪中睡去。他知道表嫂对自己的关爱，出于一种病态，但毕竟是关爱，一种来自女性的特有的母爱。家庆也缠过自己母亲，那是很小时候的事情，后来，天天去别人家打牌的母亲，早就把母爱和钱一样，输了个精光。但表嫂毕竟不是亲娘，家庆和表嫂在一起时，老在疑心有一双眼睛，自某个角落长久地注视着自己，这双眼睛下面隐藏着一口坏笑。这个人，只能是林黎怀。

这晚的送别，家庆就始终没搞清楚，自己到底希望他俩走，还是不走。

在小李不断催促下，两人结束了喝酒，费尽力气将表哥弄上一辆的士车，回到机场镇。林黎怀所在的公司，指定了司机接他去宾城，这样，所有的行李都可以一并带去，减少转车搬运之苦。他们吃夜宵这晚，公司的司机正好从宾城来韦城。司机跟林黎怀打好招呼，次日尽早出发，赶回宾城还有重要的接待任务。

次日一早，林黎怀和小李起得跟家庆一样早，行李早已打点，司机也摸黑将车停到这幢楼下。彼此相处月余，这天分开真不知哪时能见面，有可能这辈子再不见面。家庆能做的，只是帮助搬搬行李。行李打包有五大箱，三人各搬一箱后，剩下两箱，自然成林黎怀与家庆的事情。楼道转拐的地方，林黎怀的嘴又控不住，问家庆，你说说实话，是不是巴不得我走？

我为什么巴不得你走？

你现在有了一个妈，我们不在，你才好放心地吃奶，不是吗？

林黎怀也许是开玩笑，也许知道更多东西。难道他跟到湿地公园，暗中观察我？家庆脑袋嗡嗡地作响，又想，即使开玩笑，有这么开的吗？家庆想想这一段时间，既要承受表嫂变态的母爱，又要躲避林黎怀满是讥讽的眼神，心里忽然布满了委屈。他想，什么他妈的附体，要是海程在天有灵，为什么不附体到林黎怀身上？难道这鬼魂或者幽灵也看出来，就我最好欺负？

在他岔神想事的一刹那，林黎怀抢一步走到前面。天还没亮开，楼梯里布满暗影。林黎怀走到楼梯拐角处，一转身，看出家庆脸色有变。

……兄弟，刚才算我瞎说。林黎怀意识到自己玩笑开得过分，想要缓和气氛，但所有的话从他嘴里迸出来，都免不了一股尖酸的气味。他又说，嫂子主动喂你吃，你不要客气，你就当自己是海程，心安理得嘛。

林黎怀多下两级台阶，整个后脑勺暴露出来。家庆举起拉杆箱，朝林黎怀后脑勺砸去。家庆是个老实的闷人，以前很少将事情干得如此干脆利落。看着眼前一切，家庆也感到不可思议，只是电光石火的一刹，想停手都来不及，已然听到一声闷响。

拉杆箱又大又重，但砸到别人脑袋上面，却只有一声闷响。箱子绷的革面，柔软，不是砸人后脑勺的理想工具。所以，林黎怀一时还不知发生什么事，嚷一句，你怎么……林黎怀一扭头，小个子家庆的脸色藏在晦暗之中，竟有几分狰狞。他又打来一拳，正中林黎怀脸面。这是在楼梯上，要在平地，家庆想比较准确地打中林黎怀的脸面，并不容易。但这一拳的分量不够，更重要的功能，是让林黎怀完全明白发生了什么。林黎怀虽然有些胖，以前打篮球的底子还在，反应灵敏，要来真格家庆不是他对手。不消几秒钟，林黎怀就将家庆双手反剪，轻轻一提，家庆脑袋便低得不能再低，伸伸舌头可以舔着地板。林黎怀将家庆牢牢控制住，家庆稍一挣扎，他就发力，并说，你再用力，我弄断你两条胳膊。

稍后又说，兄弟，不要怪我，这叫借力打力。

家庆没打过架，他以为打架会是电视里演的那样，主角和奸角，总有好一番缠斗，即便哪方赢了，也要付出好多鲜血和伤口。他没想到，林黎怀轻易就将自己搞得不能动弹，丝毫不能动弹。打架这事，原来也跟读书一样，要讲天赋。

林黎怀凑近家庆耳根，循循善诱地说，叫啊，叫啊，只要叫出声，你妈就会赶紧来救你。她多么心疼你！

刚才，表嫂已经弄了早饭，这时候应该在洗盘子。家庆将牙关紧咬，心里说，栽在你手上我认了，要我叫唤，那是休想！林黎怀来了兴趣，一点一点发力，把家庆胳膊关节拧出稀里哗啦的响声，家庆强忍着，硬是不肯叫唤。林黎怀忍不住夸一句，好的，我没看错你。

平时，林黎怀稍微修理一下小李，小李便哭爹喊娘，即使这样，也阻止不了小李死死地跟着他。林黎怀又下一把力气。他要慢慢加力，因他搞不清家庆骨骼的韧性如何，缺不缺钙，如果将家庆胳膊掰折了，那就不好收场。

还是小李上来解围。小李在屋底下左等右等，不见人下来，就往上走，看见这一幕，不消说，先来一声怪叫。又问，这是搞什么？林黎怀答，能搞什么，舍不得分开，闹着玩。小李一看家庆的脸都疼歪了，知道情况不对，冲过来用巴掌一个劲猛拍林黎怀的胳膊，并说，放开放开，他算是你哥，你怎么这样对他？

是我哥又怎么样？你是我妈，我不照样睡你？

我怎么又变成你妈啦？

不是我妈，怎么天天想着喂我奶？

你要死啊！小李娇嗔着，一溜粉拳砸过去。林黎怀还赶时间，把手松开，并跟家庆说，喏，别忘了帮我拿东西。

## 9

晚上家庆听得见钟的声音。其实那只钟挂在外面墙壁，不走针，当然也不会发出声音。但家庆就是听得见走秒的声音，他睡在那里，听见了走秒的声音，偶尔又怀疑是自己心跳声。拿手去揣揣，节奏不一样，心跳没那么急促。当他要自己想一些事情，以掩盖耳朵眼里的声响，便想起了林黎怀。很奇怪地，这时候他就一个劲想起林黎怀。

林黎怀才走了几天，家庆感觉他已走了很久。他知道，这说明自己想念这个人，时间才会被抻长。怎么会这样呢？他当然知道。林黎怀嘲弄的眼神，讥讽的声音，都抵不上幻听而来的嘀嗒声。

林黎怀和小李走后，表哥、表嫂之间似乎有了缓解迹象。照例，入睡的时候，表哥仍和家庆睡这边，过半个钟，表哥会蹑手蹑脚地起身，敲那边的门，在门外用喘息般的声音喊着，忆美，忆美！门开门关的声音，隔壁还有了窃窃私语。这私语，到底要比嘀嗒声来得踏实。家庆这才入睡。但有两晚，隔壁骤起的吼叫，将他惊醒。表嫂冲着表哥一顿咒骂，接下来便是哭。

死了孩子的女人，哭起来最是瘆人。哭至颤声断续之时，家庆的身躯便被带动，一阵阵抖。

又是门开门关的声音，表哥被推出来，但他没有再蹩进家庆这一间。家庆知道，表哥是睡在客厅，在窄窄的长沙发上，将身子蜷起。幸好，表哥已变得很瘦，仿佛就为了蜷起来睡觉。家庆尽量不夜起上厕所，那一晚憋得不行，出去，借着窗外一束冷光，看见表哥蜷起的模样，简直不是一个人的蜷缩，而像是折叠，或者将一个人拆开，再尽量节省地方地堆码一处。只这时候，家庆忽然想起表哥也是有母亲，他是大姨的孩子。他已成年，结婚，生子，并经历丧子。他有了足够多的经历，所以他母亲即使心疼，也不可能像他幼年时一样，不加掩饰地呵护他。从另一面讲，有如此多经历的男人，也无法再承受母亲的呵护。

再躺回去，家庆便浮想开来，睡不着。夜晚成为煎熬，窗外早已没有航班起落，他只得静静等待窗口发白。每次坐上公汽离开机场镇，都是一次逃离，只是一到下午，又得走上回程。开 229 路车的几个司机都已认得他，因为很少人像他那样，每天往返于起点终点，在这漫长的夏天不断展开漫长的旅程。有时候家庆上了车，某个一嘴胡须的司机还会冲他说同样的话：呃，你是最划算的啦。某天家庆下课以后，又走向公交站点，远远看见那一堆车，还有司机聚在树荫下闲聊。他想起晚上耳朵里的嘀嗒声，想着随时可能迸发的凄惨哭声，心头便发怵。他放缓了步子，盯着草黄的车屁股，心头升起无处逃遁的悲哀。

……其实我已会炒几个菜。他想，其实，在亲戚家的店子里帮工，是用不着文凭。何况，厨校的结业证，也根本算不得文凭。

正这么想，那个络腮胡的司机站起，呷一口茶，远远地冲他招手。他说，就等你了，你上来就开车！于是他加快脚步，心里古怪地一暖。车又晃荡起来，横梁上的吊环在零乱地摇摆，被人拿捏好间距，所以不至于碰撞。车里的人很少，窗外仍是如此明媚的黄昏。

这一晚，还算得平静，表哥又进到那间小卧室，没有私语，两人仿佛早早入睡。家庆放松了心情，正待睡去，灯忽然被扭开，他看见表哥狭长的脸贴着门框。

家庆，你起来一下。

于是他就起来，将T恤胡乱套上身。

你过去陪你嫂子睡。

表哥是那么说。家庆一愣，却也不意外，像是早有预感。其实，这些日子他躺在床上睡不踏实，胡思乱想，当然是把什么情况都想到了。

我为什么要过去?

你嫂子搂着你才踏实。你知道，她已经失去海程了……

我又不是你家海程。

我知道……但是……

她是你老婆！

我知道……但是……没关系，没关系！

表哥的长脸又扭结出了哭相，眼底那份央求之意，如此明白无误，又满含了委屈。家庆想再跟他交流一些意思，比如说，表哥的老婆，通常情况下，是不可能让给表弟睡的。这话自然讲不出口，再说，两人都心知肚明，此“睡”非彼“睡”，表弟固然不能睡，儿子却可以睡。家庆有很多理由，都塞在嘴里，就像很多电影，歹徒将臭袜子塞进人的嘴里。空气沉滞，空调嗡鸣，窗外有飞蛾撞向玻璃。

突然，表嫂就出现，她向前走一步，一把拽住家庆的手。她说，快去睡！家庆就被拽着走，仿佛她力气很大，其实她的身体像纸一样轻飘。他若不被她拽走，她就会被他的反作用力带出踉跄。

表嫂不由分说将家庆带进那间神秘的卧室，除了那种熟悉的伤湿膏气味，还有一股檀香味，还有别的杂乱无章的气味。表嫂搂着他，将他搂在怀里。他的脸贴着她的胸，他感觉到她乳房不大，但很长，像两只丝瓜。她经历了漫长的忧伤，心跳竟是异常缓慢，像是不足每分钟六十。因为他在心里默数一声嘀嗒，她的胸腔内，那颗心子还没跳动一下。现在家庆对一秒钟的把握很精准，他每天晚上都听怕了这个声音。她的心跳，一次接不上一次，仿佛随时会偷停。他不敢贴着表嫂的胸，脑袋往后挣扎，越是这样，表嫂搂得越紧，还说，你怎么又不听话？好好睡，明天还要上学。

天毕竟热着，这间房又不开空调，很快家庆的脸和表嫂的胸襟都捂湿了，一股咸涩的气息混入本就杂乱的气味当中。表嫂扇动扇子。

家庆看不见，但感觉得到那是一把古董似的蒲扇。

扇了一会，表嫂说，睡不着是吧？妈妈给你讲故事。

家庆不应。表嫂又说，《白雪公主》听过吧？

听过。他赶紧说。

《海的女儿》呢？

听过。

《三只小猪》？

《三只小猪》听过。

《小蝌蚪找妈妈》？

听过听过。

你怎么都听过？你有什么没听过？

……没听过。

这就对了。她徐徐地松一口气。

于是讲了起来，小蝌蚪不停地找妈妈，这个不是，那个也不是。家庆就奇怪，海程死的时候也十二了，他不可能再躺在母亲怀里听这些故事。表嫂此时魂不附体，到底游离到她人生哪个阶段？家庆本就累，听这样的故事更是心力交瘁，很快脑袋里幻化出一些事物，却又不是梦境。他仿佛看到了一群蝌蚪，去找妈妈，就像一群精子，轰的一声往前蹿跳，去寻找唯一的一枚卵子……这样的比喻，显然不恰当，为什么脑袋里会生成这样的画面？家庆想要弄清楚，伤湿膏的气味又再度袭来。

……睡了吗？

表嫂的声音从遥远的地方飘来。家庆仿佛回答一句，表嫂便没有再问。

家庆很早就醒，很奇怪自己竟能睡着，但这一夜分明没有睡踏实，他还思考了许多问题。他很少在一个晚上思考这么多问题，这一夜应是效率畸高，醒来时家庆感觉自己有了一种通达的态度，但已想不起来那些问题到底是什么。只有一个问题，醒与睡时都一样明确，就是今天必须要走。

他没有任何理由不走。

表嫂和表哥都起得更早，在厨房里弄起早餐，听见煎蛋的声音。他们用很多油煎蛋，家庆得以听见煎蛋在液体中翻滚的声音。又听见表哥说，今天你一定要去检查一下身体。表嫂说好。表哥说，早点走凉快。等会家庆去上学，我就带你去医院。表嫂说，我一个人去就好。表哥说，反正我也没事。另一只鸡蛋又下了油锅，蛋腥味活力四溢，钻进这间卧室，让伤湿膏的气味显出了疲沓。

家庆再次坐在229路车上，心情是前所未有的轻松。此时他想到的不只是逃离，而是越狱，也突然明白自己何以如此喜欢看和越狱有关的电影，比如说《基度山伯爵》，还有《肖申克的救赎》。但他此时还不敢掉以轻心，三站之后他在一个叫石埠的小镇停下，钻进一家早餐店，磨磨蹭蹭吃了两个小时，喝了几杯豆奶，一走路肚皮沉甸甸，豆奶仿佛结成了豆腐花。他趁一家超市开门，进去买了两三个盒子，有牛奶，有营养麦片。父亲跟他讲过，离开表哥家的时候，一定要送点礼物，是个意思，毕竟在人家屋里打扰了这么久。

家庆拎着盒子，又搭上229路返回机场镇，上车正好看见那个络腮胡。络腮胡还夸他，好家伙，今天敢逃学。络腮胡盯了盯家庆手里拎的盒子，又说，好家伙，今天是要相亲。其实并不好笑，两人同流合污地笑起来。

家庆找定一个地方，坐下来。这个地方正好看见表哥家的楼道口，同时又能保证从楼道出来的人，看不见这里。家庆发现自己喜欢这种感觉，一躲进暗处，就仿佛能操控局面，而不是被人玩弄于股掌。他一刻不停地盯向那边，九点刚过，果然，表哥表嫂就出门。阳光已然狠毒，表哥撑起阳伞给表嫂，表嫂不要。表哥要帮她撑，表嫂推开他，自己一个人走在前头。表哥心疼地跟在后头，阳伞又不好给自己打，就歪斜地举着，让伞穹耷拉在身体一侧，让自己一同接受暴晒。

两人已经在路头一拐不见，家庆还嘱咐自己要小心，小不忍则乱大谋。他数了一百只羊，又数了五十只狗，站起身子，往那边走。洒在脸上的阳光，仿佛现出六边形的棱角。他上楼，准确找到那扇油绿的门，用钥匙打开，走进去。自己的衣物和行李都散放着。

家庆把买来的几个盒子放在客厅茶几上。走到自己睡觉的那间房，他没心思把衣物折叠，一个劲塞进皮箱。他瞟了一眼镜子，觉得有点狼狈。他知道其实自己可以从容一点，可以把每一件衣服叠得方整，在箱子里摆得丝丝不乱，这会给“越狱”增加成就感，就像他的偶像蒂姆·罗宾斯，不但要逃出去，还要逃得漂亮，逃得荡气回肠，逃得令人叹为观止。家庆心里这么说，但手脚还是没有放慢。他将最后一件衣服塞好，还从床头找出属于自己的几本书。他将书也放进箱子。

门锁一响，表哥走了进来。

你怎么又回来了？

今天……不要上课。

表哥走过来，看看家庆的箱子。他是有文化的人，知道不能随意揭开表弟的箱子。但是他可以往周围的地方瞟一圈。这一段时间的相处，表哥知道家庆的东西都是在房间中散乱放开的。于是，表哥明白了。

你要走？

是的，我学会炒几样菜，够用了。家庆觉得也用不着骗他，又说，早点回去，早赚钱。

你怎么能这样？

我为什么不能这样？

家庆拎着箱子，朝门口走去。此时，他心里想到一个词，夜长梦多。他知道，许多的电影都是这样，在事情眼看要成的时候，会岔进来一个捣乱的，要不然，电影就没那么多故事好讲。表哥却拦在了门边。

你这么走，我跟你表嫂怎么交代？

我走我的，跟她要什么交代？

不告别吗？我们再请你吃一顿。表哥又拖出哭腔说，好歹我们在一起那么久，不能说走就走。

家庆就摆明了说，现在就走。我怕看见表嫂挽留我。我做梦都怕。

你有什么好怕的？她又不是坏人。

对的，她当然不是坏人。家庆说，可是，我也不是海程。

表哥一愣。这正是家庆预料中的一愣，趁机往外走。表哥只是发愣，并非痴呆，动作忽然就快起来，从后面抱住家庆。家庆猛烈地挣扎，稍后，两个人便倒在地上。表哥手上不敢用劲，但可以用身体压住家庆。他虽然瘦，但骨架子毕竟有这么大。瘦死的骆驼比马大，表哥压得家庆不能动弹。于是家庆只有吼叫，放开我，放开我。

门没有关。有邻居拎着菜篮路过，此时停在门口，循声往门里张望。邻居看见伏在地上的两个男人，一个压着另一个，眼里有了惊恐，不敢多管闲事，捋回自己的目光继续下楼。

家庆渐渐没有力气挣扎，但还余韵徐歇地让身体颤抖一阵。后来，家庆变得一动不动，表哥的身体也得以放松。再后来，表哥坐起来，问家庆，家庆你说，你走了，我怎么办？

你也走。家庆很铿锵地说，你欠她的，早就还完了。你是个人，你还可以另外找个女人，给你生孩子。

表哥喃喃地说，怎么可以这样呢？怎么可以？

怎么不可以？

我怎么能对不起忆美？

来你家这么久，鬼都看得明白，有谁对不起谁？家庆又说，那是你们的事，反正我要走。

家庆又走向公交车站，像往常一样，他看见好几辆229路公交车首尾相连，停在那里。又是络腮胡，站在车门处抽烟，朝他招手。太阳在那头，家庆看着公交车，看那个司机，皆是逆光的效果，有些睁不开眼。这样很好，他往有光亮的那头走去，像是一步一步回到了人间。

## 10

……韦城的机场镇，也可以去玩一玩。他跟妹子说。

妹子将手绘的韦城旅游图翻找一遍，噘起嘴，说这上面根本没有提到机场镇。他就说，地图是死的，我是活的。我在这里待了好一阵，哪里好玩哪里不好玩，我比这张地图清楚。

机场镇有什么好的？

有一种小吃，叫“炸飞机”，很有名。家庆说，当时是我同学带我去机场镇，吃“炸飞机”。我敢说，那是我这辈子吃过的最好的东西。

到底是什么东西？妹子的兴致毕竟吊了起来。这几年央视有一档节目，叫《远方的家》，给无数观众反复灌输一个道理：走到哪里，一定要吃到哪里。这妹子也已形成这样的观念，各地特色美食，走过路过，千万不要错过。

到时你就知道了。他把她胃口进一步往上吊。

家庆再来韦城，算一算距学厨正好十年。那时候往后想十年很长，现在往前捋十年很短，时间就这么个玩意儿。他刚结婚，妹子是他老婆宁雨婷。他在旅游区有个门店，什么好卖卖什么，即使这样，钱赚的也不是很多，但日子毕竟还好打发过去，大钱没有，小钱不缺。人面上往来，有的叫他傅老板，有的叫他傅总，他也习以为常。结婚以后，小宁说要去旅游，没有理由拒绝，去了新马泰，又去台北，返回时先在广州落地，小宁在那里读的大学，要约一伙闺密。之后，家庆就想到韦城。广州和韦城通了高铁，只两小时路程。他想当年从佴城到韦城，路途遥远，在绿皮火车上要坐一整晚。现在倒好，两个小时也就一顿饭的时间。

小宁说，韦城有什么好玩？确实，韦城是个不起眼的城市，从没听说，哪个朋友的新婚旅行往那里去。去那么个冷僻地方，回来跟人讲都像是笑话。于是家庆跟她说，你是在广州读书，我是在韦城。小宁说，三个月的厨校你还肄业，现在想起来要回母校看看？家庆说，时间不在长短，是有感情。小宁便笑，说倒要看看，到底有多少感情留在那里。

高铁站是在葵圩，葵圩变成热闹的地方，以前读过的那所学校已经并入一处巨型的楼盘，旁边还有以摩天轮为标志的儿童公园，找不出一丝旧日的遗迹。家庆也并不在乎，他对厨校早已没有记忆，当年一块打牌的同学，也从未联系。229 路车还在，公汽起点站位于交运枢纽大楼，随了无数标牌指引，才上到车里。车也是全新，走在宽阔的马路一点也不晃荡。马路扩了，车速提了，一个多小时就到机场镇。机场镇却还是老样子，位于整个韦城发展规划的反方向。七七一厂古旧的楼群仍在，有的已经修葺，至少是重新粉刷了外墙，依然住满了人；有的楼房太旧，住户已悉数搬离，但尚未拆除。家庆感到意外，十年后还能看到整个区域不曾变动，在当下，简直有如奇迹。他带着她在古旧楼群里穿梭，她不停地问他，你来这里干什么？你到底想干什么？他总是回答，等会你就知道了，你会不虚此行。他神秘地瞥她一眼又一眼。

这样，两人在一幢幢旧楼之间穿梭，家庆没有看见任何一张熟悉的脸。忽然他想，他其实也不是来寻找熟悉的脸，他来这里，也许根本就不是怀旧。那是什么？他自问，没有回答，反正生活当中总要有些说不清道不明的事情。街灯已然亮起，不是同时点亮，而像一种传染一盏一盏地亮，很快蔓延了一条街。跟十年前一样，夜市摊就在这个时候搭起，摊主在路边支起支架，盖上毡顶的雨布。

你到底要找什么？

……好了，现在应该有地方吃“炸飞机”。

小宁奇怪地看着他。以她的了解，家庆绝不是一个有趣的人，更不要说有情趣。他又带她往回走，说是想找当年那家夜市摊。家庆说，我记得那家夜市摊是叫“怪难吃”。

小宁说，敢取这个名，一定好吃。

喏，你就是有眼光。家庆见缝插针地夸。

把她胃口吊起，终归是要给个说法，好在现在家庆已经有很多办法，他不再是当年那个不知所措的小孩。到机场镇以后，他一直在想，为什么要来这里？为什么？仿佛是鬼使神差。这些年，很奇怪地，他对韦城那两个月的记忆犹新。这么多年过去，最美好的事情，和最痛苦的事，他都已淡忘。当初在韦城的两月，既没有快乐，和日后的一些遭遇相比，也算不得如何痛苦，但不知为何，那段日子在他记忆里闪烁着某种金属质地的黑色光泽。

天已黑，家庆仍然在找那家“怪难吃”夜市摊，当然找不到，这是他现诌出来的。他还装模作样找了几个路人打听，竟然有一中年男人回忆一番，然后答说，那家摊子好久就关掉了。

关掉了？

嗯，关掉了。中年男人很肯定地点点头。

关掉了呀。家庆万分无奈地看看小宁。

后来，家庆像是随意挑拣了一家夜市摊，其实正对着当年住过的那幢楼。他看得清楼道，楼房已是十分残破，楼道口相应也有盏昏黄的灯。两人坐下，家庆就一直盯着那边。他知道，其实表哥两口子都已离开这里。

那次家庆离开以后，不到一年，表哥表嫂就离了婚，事情还出在表嫂那头。她上网，搞起网恋，后来嫁到杭州。据说嫁得不错，男人是个老板——可不是家庆这种，空有老板之名的。那老板很疼她。他很矮，每次饭局都把她带出去，让她穿上旗袍或者别的显身材的衣物。两人并排地走，她比男人高一头有多，男人倒觉得这正是财富和体面。男人需要正是这些，而前表嫂也甘之如饴，经常用手机给表哥发来照片，主要是让表哥看首饰、挎包上的标识和手中牵着的血统高贵的洋狗。

后面表哥回到佴城定居，养上一年，脸色就好看起来，熟人见他就夸“脸上有肉了”。在一些离了婚的女同学看来，他仍是当年那个帅哥。围着他的美女不止一个，也不止两个三个，她们不会叫他“毛坯松”，而是叫他老夏。大姨跟他说，你也不小了，不要老想再找个年轻的没结过婚的。这几个条件都好，有能耐，搭个伴的事。表哥不吭声。两年后他挑了一个并不起眼，但身材近乎粗壮的妹子。妹子年纪稍大，但没结过婚，生孩子肯定没问题。小孩很快生下来，又是男孩，在妇保站生产时量一量身高，也是四十八公分。表哥眉头一皱。头几年里，表哥一刻不停地把这小孩抱在怀里，别人偶尔抱一抱，他就寸步不离，守在一旁，额头沁出汗。久而久之，别人不敢再去抱这小家伙。

家庆只有一次和表哥聊到表嫂。当时表哥正犯神经性皮炎，痒得死去活来，每晚入睡都想掉扒自己的皮，后来服用了激素类药物才缓和。表哥看上去胖了些，气色就显好，其实是激素给他闹的。

……忆美嫁给一个有钱的男人，个矮，比忆美矮差不多一头。

那就是和我差不多？

比你应该还……高一点。表哥用手在家庆头顶比画，开心起来。

两人在阳台，看着屋里鲜蹦乱跳的小家伙，闲扯开来。表哥换了过来人的语调说，难得有那么个男人喜欢她，我也就放心了。

离都离了，有什么不放心？你牵肠挂肚都习惯了。

你不知道，忆美严重性冷淡，一想起那事就会恶心，绝对不能用来上床。男人确实是喜欢她，不为别的。

家庆不这么看，也许表嫂在表哥面前表现出性冷淡，拒绝同床，但被另一个男人激发，可能会有完全不同的表现。当然，家庆不会明讲，因为他知道表哥未必不知道。这时，他十分具体地记起来，表嫂胸前那两只状如丝瓜，富含忧伤的乳房。于是，家庆又改变了看法。他暗自想，在那个有钱的老男人看来是遇见了爱情，而在表嫂看来，会不会又是一次附体？附体真是一件毫无道理的事情。

表哥把儿子抱到五岁，仍舍不得送幼儿园。他没有工作，靠那点下岗补助过活，父母仍要贴补他生活费用。朋友都劝他，小孩要跟别的小孩在一块，这样才能健康成长。表哥又想了一年，终于送儿子去幼儿园，直接去读大班。但没过几天，小孩被别的小孩打，破了皮，哭得死去活来，不愿再去幼儿园。表哥便下了决心，儿子由自己带着，一刻不停地带在身畔。儿子去幼儿园的几天里，他也是坐卧不宁，虚汗要湿透几条内衣。

“炸飞机”弄好，放在不锈钢的盘里，端上桌。小宁一嚼，粉末满嘴乱钻，干巴无味。小宁只吃半只，便往外狂吐。她说，你敢说，这是你以前觉得最好吃的东西？

家庆解释，老板不一样，味道也不一样。

再不一样，也不可能一个地下，一个天上。

以前“怪难吃”那个老板，他的蝗虫是自己去抓的，纯天然无污染。现在可能都是冷鲜货，用料就大不一样……

我打死也不相信，油炸的蝗虫，能好吃到哪去。

萝卜青菜各有所爱，我觉得还是不错的。

小宁赌起气来，又买二十串。以前一串有五只，现在只有三只。幸好现在只有三只，但二十串共计也有六十只。她说，全都吃下去，我就相信你不是讲鬼话。

家庆本想再找个什么理由，继续往下搪塞，一想老是找话讲，也费脑，于是决定把二十串全都撸光，省得多费口舌。蝗虫无肉，只是难以下咽。他将虫子嚼成粉，这不难，难的是一口一口往下吞咽。家庆只好把头抬起来，把脖子仰起来，用力地分泌唾液，或者用王老吉送服。

算了算了。小宁说，你吃得这么难受，不要再跟我装了。

家庆停下来，他实在不想多吃一只。

……今天真是邪门，你带我坐这么久的车，到这鬼地方。小宁忍不住抱怨，新婚旅行十多天，显然这是最失败的一天。她又说，这地方没有景点，油炸的蝗虫不可能是你真正想吃的东西。

都逃不过你的火眼金睛。

当然也不会是邂逅老情人。傅家庆，我认识你这么久，打死也不相信你会有念念不忘的老情人。

那是为什么呢？家庆便也装出很感兴趣的样子。

我说不上来。刚才，我甚至怀疑你是不是被什么附体，完全不受自己控制，才会来到这个莫名其妙的地方。

你说是，那就是。家庆打了个哈欠。

别的东西又端上来，炭烤生蚝、烤鱿鱼、蒜蓉花甲，还有辣酒炒香螺。走了这么一阵，两人确实感到饿，再说有前面的“炸飞机”做比较，别的东西似乎都比以前好吃。小宁闭上了嘴，小心地嘬花甲螺上那一点点汤汁。家庆喝着冰凉的啤酒，抬头看向那一侧的天空。和十年前一样，飞机还在夜空中频繁起降，从天到地，从地到天。

*我女朋友的男朋友*

## *中等师专突发事件*

课间操时间，操场上没人做操，广播照响。大喇叭已老化，喊体操号子的声音总是略显嘶哑，像打了通宵麻将才下桌。操场上不少学生晒着太阳，这时节草长莺飞万物花开，阳光暖得让人毛茸茸。学生们，尤其是女学生爱坐成一团，背拱背倚在一起。男学生没这么老实，扎成一堆喜欢扭打胡闹。看看那些脸上长满青春痘，正扭作一团的男孩，有经验的老师说那是在发情。

“中等师范专科学校”，行将消逝的名词，眼下仍赫然写在学校大门顶上。校领导几乎一直在外面跑，等着将中等专科并入大学，成为师范分院。这是关系每个人利益的好事，老师职称，学生文凭，都会水涨船高。有了盼望是好事，但等待的过程中人总是显得萎靡，以致课间操都组织不起来。学生们脸上仍是青春朝气，但一个个宁可晒太阳，死活不肯做操。好不容易组织起来，碰上哪天下雨中断了，就难以重新组织。老师们说：“现在的小孩，个个没生气。”

“……这是黎明前的黑暗！”校长爱这么总结，既有叹息，也是给别人鼓劲。他反复说：“娘稀匹，等我把中专升成师院，再重振风气。”

老师们老胳膊老腿总要动一动，以后评职称，又是一场马拉松。他们在办公室里做操，做哪一套都有，瞥一眼就看得出是哪个年龄段。有的打太极，或是搞八段锦，或是打五行拳，狗扑蛇爬的动作，也纷纷合得上广播的节拍。一边活动身体，一边也瞎聊。有的老师难免忧心忡忡，说那些学生崽子又不做操，只晓得往树林子钻。树林子里草深得很，到处都是青纱账。他们要是捉对搞丑事，体操号子正好给他们打节拍嘛。有的撇撇嘴，说这节拍不对。体操号子一节八拍，做丑事时听这个起不了高潮。要是一节十拍，那些鬼崽子正好有得玩九浅一深。有的看得开，说操那么多心搞什么？你以为是清华北大，培养学生关系国家未来？都21世纪了，一个中等师专，差不多也就是个垃圾回收站。

教学楼三栋三楼一个男孩看着对面四栋三楼。那里，两个女孩背倚着一截栏杆，一个胖一个瘦。男孩怔怔地看着，直到另几个男孩围过来，将他肩头拍了几下。一个老让人觉得在吸鼻涕的男孩怂恿：“重孙，你家刘婉玲站在那里。发个短信，让她扭头看你！”男孩没有吭声，人家叫他重孙他也不表态。这要怪他父亲，给他取个名叫蒋纵。明明是纵，人家偏喜欢读成“从”，由此衍生出这么个绰号。一开始，他当然不喜欢这个绰号，谁叫就对谁翻白眼，慢慢也就适应了，心想，由着他们叫吧。另几个男孩继续怂恿，要蒋纵叫对面的女孩把脸转过来，甚至威胁说要抓蒋纵打油槌。这男孩不怕别人乱叫，但怕大家动手折腾他一个。到时候，他们肯定冲对面楼嚷嚷：刘婉玲，你快看过来……

这男孩退一步，掏出手机作势发短信。别的几个男孩自然停下手脚，扭头等着看女孩的反应。

对面两个女孩齐刷刷转身过来，胖女孩笑得更开心，男孩的短信却是发给那个瘦女孩的。瘦女孩刘婉玲在这学校里，是最受关注的女生之一，回头率怎么也在前五之列。单说相貌，就众说纷纭了，刘婉玲最引人注目的是胸部巨大，甚至使得整个身体略微变形。有时候，某些男女生聚在一起说小话。聊到刘婉玲，女生总是有些不屑，说她十七八岁，身材像是哺过小孩的。“……你们说，有没有？有没有？”女生时下爱模仿台湾腔，“有没有”偏要说成“有木有”。男生们往往尴尬一笑，不搭话。其实这一点上，男女之间没法达成共识，根子在于荷尔蒙类型不同。刘婉玲的身材是有些夸张，偏偏是这种夸张，钉进男生眼里便拔不出来。翻开日本卡通书就明白了，画中那些少女的体型，都夸张得不合比例，所以适销全球。

刘婉玲极受关注，却喜欢将自己裹得紧，衬衫总是扣到最上面一颗纽扣。越是这样，越是让人感觉满园春色关不住，所谓性感，实在是与领口高低没多大关系。给她发短信的男生很多，她的手机号已经成为学校男生们的公共资源。她见惯不怪，从不回复。她读的是五年大专班，转眼就要毕业。大多数发她短信得不到回复的男生松了口气，庆幸虽然自己扑了空，别人也都没占到便宜，彼此彼此，心理平衡。这时候，刘婉玲忽然回复了一个男孩，还比她小两届。两人相约，出了学校后门到苜蓿地，以及稍远的坡头逛了一圈。别的男生也不闲着，在寝室楼上架着望远镜看全过程，争抢望远镜的场面，有如哈雷彗星提前回归。网页上面，王菲和谢霆锋的事正被热炒。刘婉玲这一举动，被人说起来，就有了类比，说是眼下搞搞姐弟恋最潮。

蒋纵身边的那帮男孩见刘婉玲转过身来，比蒋纵更兴奋，吹起尖锐的呼哨。蒋纵则与刘婉玲对视。她理所当然是漂亮的，旁边胖女孩更是绿叶配着红花，但此时绿叶也笑得花枝乱颤。两个女孩都将手机捏在手上，听着刚从网页上免费荡下的歌曲。这一年，山寨手机忽然跑遍街头巷尾，个个都有巴掌大，音量比得上随身听，价格纷纷跌破了千儿八百。胖女孩手中那只山寨机，面板上还嵌着许多彩灯，随着音乐节奏，彩灯一圈一圈地闪亮起来，犹如多年前玩角子机押中了水果。两个女孩边听音乐边说小话，时而哧哧地笑起来。男孩将蓖麻秆一样的身体挺直了些。他有理由认为，她俩正起劲地聊着他。女孩兴致一高，倚着栏杆，身体轻轻摇晃。那几个男孩仍在凑热闹，一齐扯起耳朵，想听一听刘婉玲那只手机正播什么歌曲，由此可以扒一下，她粉哪个明星。

广播体操号子正喊到第七节跳跃运动。"跳跃运动，一、二、三、四、五、六、七、八，二、二、三、四、五、六、七、八……"节奏加快，喊号子那嗓音忽然抖擞起来。这几个男孩只得等待，最后一节整体运动只有四个八拍。号子一停，定能听到刘婉玲手机里的歌曲。

那一幢楼建成也就十多年，女孩倚着栏杆轻轻摇晃，本来算不得一回事。忽然，铁栏杆嵌进水泥柱子的一截滑脱，一个女孩身体顺势一斜，没有稳住重心，唰地跌了下去。场面忽然热烈，广播号子一喊停，周围的人潮水一样涌向跌下楼的女孩。蒋纵仔细看了看对面，胖女孩还在的。她表情僵硬，两条象腿支撑不起上半截身子，正一点一点瘫到地上。楼道那一格没了栏杆，显得醒目，教室里拥出的学生小心翼翼站过来往下探头探脑。没人去扶那个胖女孩。

男孩蒋纵害怕地低头往下看，人们已经将跌下去的刘婉玲围住，男孩只看得见一圈圈脑袋。她的山寨手机摔出去两丈远，当然已是稀巴烂。

## 你潇洒我漂亮

看守台球场子，不是别人看起来那样轻省，不是只晓得在分板上计时收费就行。铁匠对此深有体会。他叫伍铁健，熟人叫他铁匠，用不着打铁，成天守着自家台球场子。要是有人找他打几盘，一般不能拒绝。对他来说，拒绝就是露怯，就是镇不住场。输赢少则一百，有一次一个贵州佬同他赌两千，他硬着头皮答应。他输了，知道贵州佬是有人专门请来挑事的。即使这样，他依然要奉陪下去。只一盘，他基本摸清对方球路，下一盘他相信自己未必会输。贵州佬见好就收，铁匠也不穷追猛打。他也知道，未必会输，也就是未必能赢。

为打好台球，他早几年没少练技术。他练球没人教，全走野路子。有一种练法，是将空矿泉水瓶平放在球桌上，操球杆一杆一杆往瓶里捅。杆头穿过瓶嘴瓶身，快探到瓶底时倏忽一抽，杆头便完好地缩回来，哪里也没磕碰。杆头往里捅时，铁匠能听见唰的一声，抽回来时，又能听见稍小一点嘘的一声。——唰——嘘；——唰——嘘；——唰——嘘……他每天机械地捅上成千上万次，只为出杆稳定，球路标直，指哪打哪。他不觉得枯燥，相反，简单的重复使他相信自己身板被锻造过一样，蛮有力量。朋友见他冲着空瓶来劲，笑说：“铁匠，哪有这么练球的？你这是想女人想出来的招。晚上翻身睡不踏实，去对面中等师专弄一个嘛。那里面，满园子都是嫩鸡，跑了这只，顺手也摸着那只。”铁匠只是笑笑，懒得回应。球一年一年打下来，他技术越练越好，话也越来越少。

铁匠只打球，不主动泡妹子，偏有几个缺心眼的妹子夸他很酷，很拽，很屌，说他长得像伍佰，喜欢在他场子里泡着。他说：“不，我俩加起来才像五百，我也就二百五。”他没想到自己能吸引妹子，有些受宠若惊。当然，伍佰随时吊着一张脸，看着是一副讨打相，如果长得像刘德华那就再好不过了。铁匠是刘德华忠实的拥趸，刘德华的歌曲他大都会唱或是会哼，上百首啊，光是歌名串起来，就不比《纪念白求恩》字数少。主动靠上来的这些妹子，不对他胃口。他不晓得为什么只有这些额头染一撮毛，胯上刺青的妹子喜欢自己。虽然每天都打台球赌钱，但他并不情愿那些妹子将自己归为一类人。他想找一个斯文一点，看着有学生模样的妹子。他嗔怪过自己，你什么人啊？倒是蛮挑剔。但他骗不了自己。他不喜欢身边那几个领口开得很低的妹子，他喜欢那些将自己裹得像个粽子的女孩，留待最有耐心的男人一层一层剥开。他不是心急的人，所以一憋就憋到了三十岁，别人也没见过他和哪个妹子搞过亲密行为。

这天，他和下街的七棚连打三盘，都输了。还要再开一盘，七棚就扔他一支烟，烟蒂闪烁着紫色光晕。七棚说：“铁匠，今天你实在不在状态，再打下去我就是捡你便宜。”铁匠一想有道理，今天杆子一捅出去，总是偏得邪乎，正经说法是“不在状态”。神人科比偶尔也不在状态，何况我一个铁匠！铁匠抹出三张红色纸钞，不打了。送走七棚，铁匠叫抽烟的雷妹独自看场子。

以前，要说铁匠有找女人的心思，可能就对雷妹产生过。雷妹喜欢打球，在铁匠场子里待得一久混得一熟，主动帮他看起场子来。一般来挑事的，球台上对付不了她。她喜欢打球，也喜欢和铁匠待在一起，看场子是顺便的活。他一月付她一千块钱，她从别人手中赢的不止这个数。没人打球，铁匠和雷妹也可以捉对厮杀，并不寂寞。时间一久，铁匠就对雷妹有了说不出的亲近感，两根球杆就是媒妁，台子上滚动的色球就是彼此的情话。雷妹乍看像男人，看得越仔细，找到越多女人味。这些想法都在心里，铁匠想说出来不晓得如何开口，只有憋着。雷妹当然感觉到了，她一直留心铁匠。两人都不明说。话说不出口，雷妹不知不觉哼了出来。雷妹一唱，铁匠想起那是很多年前流行一阵的甜歌金曲，是一个在《西游记》里面演妖精的妹子唱过的。“女人爱，潇洒，男人爱，漂亮，不知地，不觉地，就爱上你……”雷妹嘴里一哼，铁匠眉头倏忽皱了一下，他想她怎么会哼这种酸调调？他以为她会唱《沧海一声笑》。雷妹哼这歌，铁匠对她那点亲近感就淡了。偏偏雷妹只会哼这调子，仿佛天底下只有一首歌。也许，这歌流行的时候雷妹撞着过什么事情，或者惊心动魄，或者让她长久难以释怀。人的情绪，总会停留在某些脑残的瞬间。

有一次，雷妹提着球杆子，又哼起这调子，觉察到铁匠在看她，便迎合地朝铁匠觑来一眼，眼神竟是几多妩媚。铁匠牙齿差点咬着了舌子。他说：“你打球就打球，别哼歌好不？搞得人不得清静。”铁匠这时突然明白，雷妹是自己一号兄弟。那些破港产片里面，把妹子当成兄弟相处，就像破革命片里让女同志扮老婆打掩护，最后都日久生情，搞成夫妻。铁匠认为，自己和雷妹不是那样。雷妹听铁匠这么一说，一下子就明白铁匠不会爱她。她集中精力，咬紧牙关，啪啪啪连赢铁匠几盘。那以后，她还是来帮他看守场子，没人的时候俩人照样捅几盘，但彼此挨近时那些微弱的颤抖，已经了无痕迹。

最近铁匠和那妹子有了来往，雷妹看出一些端倪，但她从不多问。看着雷妹抽烟的样子，铁匠心里感慨，老婆总会找来一个，一辈子肝胆相照的兄弟，其实最是难得。和雷妹保持这样的关系，也是幸事。

铁匠走过二楼，上到三楼自己的房间。房间是简单到极致，一看只能是光棍住所。地板上搁一块席梦思，窗前沙发上堆起换洗的衣服，门背后摆着一台卡式磁带机。磁带倒有一大柜，全是以前没卖完的。十年前，他的台球场里还摆个架子卖卡式磁带，一盒磁带卖八块十块，基本是对赚。忽然有一天，这东西变得不好卖，压下来的几箱货也退不掉。新出一种东西叫 CD，是卡式磁带的替代产品。铁匠心想，那么多学生，手里还有那么多磁带机，说替代就替代了？他照样摆开架子卖卡式磁带，但这东西一遭淘汰，基本上一盒都卖不出去。后来磁带只能堆进房间，铁匠闲着无聊就剥开一盒听听，听着也没区别，一样的歌手，一样的嗓音嘛，为何就替代了？

好多事情铁匠想不明白，到后来也不多想了。

二十年前，这一带都是菜地，对面中等师专也是一畦畦绿油油的蔬菜。十几年前，马路从市里铺过来，在菜地中间延伸。中等师专从老市区搬到这里以后，铁匠父亲在菜地上盖出三层楼的房子，一楼门面，二楼打算出租给学生，三楼留给自家居住。这些学生嫩得一把掐得出水，就像刚拱出泥土的菜苗。铁匠父亲却想不通，这样嫩的娃娃，怎么就晓得男女捉对在屋子里瞎闹呢？有时，出租屋里弄出的声音摧枯拉朽一般，丝毫没有避人的意思。铁匠父亲只好苦笑，说这些娃娃，跟葫芦金刚一样，看起来嫩，动起手来却一点不含糊。纵是出租屋，铁匠父亲也不愿意有人在房间里乱搞。自家住的三楼，正厅还供着“天地国亲师”（君字被取掉了，换成国字）的牌位。娃娃们瞎胡搞，会搅得五尊耳根不清静。新学期一开，铁匠父亲有言在先，谁想租进来，男是男女是女，不能混着串门。寻租的都是学生，要是男女互相不能串门，和校内寝室有何区别？学校这么大，寝室铺位还是管够。铁匠当时十几岁，书死活读不下去，对面的中等师专都考不进去，打算管理自家门面。他对父亲说：“你看不惯就别看。五尊的牌位，你还是搬回老房子，那里面清静。马路边这幢房，我一个人盯着就够了。”他父母又搬回以前的房子住，老平房，但地气充足，祖先们也得安逸。

铁匠十七岁过上了收租金的日子，一楼门面空出一间，门面之外还有大片空地，一并摆上台球桌。那时候他开始玩台球，天天都在干这个，不比专业球员练得少，只是没师父带进门，怎么练都是江湖野路子。一晃他已三十岁，生活还是那样子。去年，大勇邀他去广东开车。大勇说：“那边跑车的好多佴城人。过去不光是跑车，大家抱团，容易找到别的发财机会。”铁匠难免心动，他可不想在这里守一辈子，是个男人，总要出去混混世面，开开眼界。在他印象里，广东挨着香港，便有一种说不出的亲切。这么多年，也可以说，他是看香港片长大的。刘德华要是有心情，打个的就可以来广东开个唱。

这一阵，他想把场子转出去，雷妹倒是上佳人选。铁匠心想，她不必付押金，赚了钱再交租金也行。面对雷妹，不知怎么搞的，铁匠却开不了口，一再延宕。

铁匠上了楼，操起手机发了一条短信出去，躺着等回复。好半天，也没收到回信。他在心里嘀咕了一句，拨了那个电话。这同样不太正常，大多数时候，他只发短信和那个人联系，很少拨电话。这也是两人的约定。

果然！铁匠又对自己说，电话竟然无法接通。电话不是占线，不是关机，不是不在服务区，拨通后是一片辽远的静默。闭上眼，听着电话里这片静默，人好似钻进不见底的黑洞之中。过一会，他又拨一遍，还是这样。如是三遍，他就不再拨了。他想那个女孩也许是故意为之，女孩总有瞬息万变的情绪。“女孩的心思你别猜（别猜别猜），你猜来猜去就会把她爱……”铁匠又记起听过的一首歌，心想，我这是爱她了么？

他剥开一盒磁带，想听两支歌，一支还没听完就睡了。再睁开眼，天全黑了，他看看手机，仍没有回过来的短信。这时候，他听见中等师专那边隐约传来一阵哀乐。他往那边看看，几栋教学楼亮开了灯，周围一带都罩在光晕里头。中等师专，晚上是要自习的，老师管着小孩，不能到处乱跑。光晕之外，就是重重叠叠的黑暗。铁匠仔细听了听这哀乐的声音，应该不是学校老师、员工或者家属的葬礼。如是，乐声中会夹杂一种热烘烘、闹哄哄的气氛。这天晚上飘进耳里的乐声，干净、单薄，也就分外凄厉。

*男孩蒋纵的意念*

“是你，小蒋，对吗？”

中年妇女双眼红肿，见了男孩，问候似的挤挤眉眼，眼角扑的粉霎时间现出皲裂纹路。

男孩低着头，绞着手指，做错了事听凭发落的样子。刚才，男孩被校教导主任老徐叫出教室，头皮便开始发麻。以前待在家里，母亲一再交代，纵是读了个中专学校，也要好好念书，不要皮子发痒，搞那些早恋的破事。“都是为你好，不要惹麻烦。”当时他只顾点头搪塞，心想能有什么麻烦？在他看来，母亲基本上就是那个爱讲“狼来了”的孩子，就是《女人是老虎》那歌里唱的老和尚。此刻，男孩忽然晓得，早恋果然不是闹着玩的——女孩稀里糊涂地死掉了，自己却要面见她的母亲。

老徐见男孩不吭声，轻轻拍了拍他，示意他应该说点什么。男孩抬头觑了中年妇女一眼，赶紧勾下来，舌头像被人打了结，别说一句整话，简直一个字音都哼不出来。中年妇女又想起女儿，上月一别，就此阴阳两隔，全身又变得冰凉，啜泣有声。中年妇女一边哭着，一边还摸了摸这男孩扁长的脑袋。

“不要太难过，唔唔唔……”

男孩听见中年妇女在说话，像说给自己听，又像是安慰她本人。此刻，她的手滑到男孩的后脖颈上，男孩整颗脑袋都晃起来。

上午课间操的时候，刘婉玲从楼上摔下去，脑子一下子蒙掉了。刘婉玲是他女朋友，但他不太确定。他强烈意识到，这一下自己必然惹上一些麻烦。是什么麻烦？他想不清楚，心子紧得几乎痉挛。

学校死一个人，自有老师处理，校方很快还叫来医生和警察，那也只能确认死亡了，任何手段都已回天无力。铃声一响，课程有条不紊地进行，这也能安定孩子们的情绪。小孩见识不多，一遇事就觉着天塌地陷，正常的日子于此中断。讲台上，老师表情一如往常，声调不平不仄，这让台下的学生突然意识到，地球果然是圆的，照常转动，谁死都不是什么大不了的事。

男孩蒋纵坐在教室中间，一直都在走神。刘婉玲栽下来的一瞬，其实一片模糊，这时又清晰起来。他眼睛有自拍功能，录下来，可以随时重放。脑袋里满是当时的画面，纵没有美国片那么激烈，却因为真实，有种难言的惊心动魄。他将自己身子尽量蜷缩起来，不引起任何人的注意。他从小就这样，听见打雷就躲衣柜里，直到母亲翻遍每个角落将他揪出来，骂他没出息。此刻，男孩越是想蜷缩，越是觉得自己暴露在密密麻麻的目光里，甚至被扒光了衣服。

挨了半节课，蒋纵心想，老这么担惊受怕也不是办法。……意念，意念！慌乱中，他脑袋里嗡地一响，闪出这个词。又是这个意念！这曾是父亲嘴角随时蹦跶出来的一个词，他耳朵听出了老茧。当年，他父亲跟随外面来的一个大师习一种功法，成天叨念灵验、开悟、感应、吸纳、发功、接功……听得最多的，还是意念。父亲满师以后，用功法给别人治近视，一开始是学雷锋做好事，分文不收。那些受惠的人坚持要塞钱，恭敬不如从命，他父亲也就收下。父亲跟别人说，你举起一只手，用意念告诉自己，长长长，念上一百遍，再将双手合十。你会发现，刚才举起的那只手长出一截来。你的意念能力越强，长出的部分就越多。按父亲说法尝试的人，屡试不爽，嘴里纷纷发出讶异的声音。父亲教别人施展意念，蒋纵也在一旁悄悄地跟从，他有时候觉得手长长了，有时候不明显，有时候甚至怀疑那手不是自己的。

从那时候起，蒋纵就相信意念是个有用的东西，随时用得着。

……意念，意念！男孩心里默念这个有魔力的词，然后跟自己说，谁也没有注意你。你以为你是谁啊，谁在看你？默念了许多遍，他的腰杆一点一点地挺直起来，用余光瞟一瞟周围，确信同学们根本没有注意他。同学们也在走神，刚才的事几乎让所有人惊魂未定。

这功法真还有些灵验。试一试有效果，男孩就再次加大意念，告诉自己，刘婉玲和自己没有任何关系，那天俩人并排走了一圈，只是一种幻觉，幻觉而已！这样的话，他闭着眼在心里默念了很多遍。睁开眼，他依然记起那天的事，历历在目。他依稀记得刘婉玲身上那种气味，不是香水味（学生守则明令禁止喷洒香水），也不是汗味，只觉得好闻。乍一闻，那气味丝丝缕缕地往鼻孔里钻；他贪心地想猛吸几下，那气味便四下游散，无处捕捉了。冲这气味，他开始相信恋爱是难以抗拒的东西，生活开始变得不一样……

此刻，他悲哀地发现，意念就是自欺欺人，当天和刘婉玲走在一起，自己身上碰了电门一般酥麻麻的感觉才是千真万确。

那个手机号码，十一位数，很多男生都知道。听说很多男孩都给刘婉玲发短信，不见回复，反而上了瘾，或者说中了邪，一天到晚噼里啪啦不断地发，彼此还打赌，谁先得到刘婉玲回的短信，即便是骂人的话，也算胜利。要是短信有体积有重量，刘婉玲的手机肯定已被抻得像教学楼那么大。

某天下午自习课，蒋纵闲着无聊，掏出手机想玩些什么，但他的手机款式太老旧，甚至没有内存卡，游戏也是很狗血。他听见身边一个男孩问另一个男孩刘婉玲的电话号码，那男孩随口吐出来，就像回答一加一等于几。他脑袋吱啦吱啦响了几下，自动接收了。于是他键了一条信息：我喜欢你，可以吗？然后，想也不想，照那个号码发了过去。要是不及时摁发送键，他知道自己会将短信删除。他知道刘婉玲是谁，不确定自己是否喜欢，即使喜欢，想到有那么多人也同样喜欢，他就感到紧张。他母亲老骂他没出息，因此不让他读高中，读个中专尽早上班糊口。面对人生选择，他也不多说什么，因为他觉得母亲说的不无道理。当然，他也用不着自卑，和自己一般大的小孩都不太有出息，一个个温温吞吞，低眉顺眼，不像港产片里的那些人，都是横眉怒目喊打喊杀活过来的。

蒋纵以为，自己发去的这条信息，注定淹没在发给刘婉玲无穷无尽的短信之中。他也不打算发第二条，一条足矣。

奇迹发生了，很快，他收到一枚短信：好的啊，我一直都在等你！

他当时还不肯确定。刘婉玲从不回男生短信的说法，在学校里流传好一阵了。他索性又发一条短信，约她见面。她定了时间和地点。他小心翼翼拿着号码去同学的手机上核对，千真万确，这就是刘婉玲的手机号码。他核对这号码，就像福彩开奖时查看号球滚落，一个一个砸下来，都精准地铆上了手机里这串幸运数字。这件事，同学晓得了，都怂恿他去赴约。“就算她要耍你，都要搞个清白，到底有什么花样。”他们态度坚决，而且痛惜不是自己摸中大奖。到晚上就寝之前，别班的男孩也晓得这件事情，钻进他们寝室要看看蒋纵到底是谁。“原来是你呀……是重孙子啊……”他们都比他更兴奋，把他压在床上，掐他，胳肢他，他觉得这些都是祝福，都是羡慕忌妒恨。

到了约定的时间，他去到学校后门外，她果然在那里。当男孩走向刘婉玲时，她迷惑地看了看他，旋即就恢复了镇静。男孩其实是敏感的，他估计刘婉玲将自己当成另一个人了，原来是场误会。但是否就此退缩？他知道身后还有不少人的目光追随，这次约会已然成为公共事件。男孩蒋纵咬了咬牙，用意念提醒自己，一切都是天意，一切都是命运，刘婉玲就是在等我！我是……我是刘德华！他把头发一甩（其实是板寸），抖擞着身体走过去，和刘婉玲并肩走向前面那片紫花苜蓿地。他想要脑子里回旋起刘德华的歌，以切合此时情境，让自己放松，耳畔响起的却是时下正跑遍大街小巷的《老鼠爱大米》。“……我爱你，爱着你，就像老鼠爱大米，不管有多少风雨，我都会依然陪着你……这样爱你……”

中午吃饭时，蒋纵有点迈不动腿。他又意念了几把，蒋纵啊蒋纵，你其实生龙活虎哩……仍旧浑身无力。于是他直接回寝室，叫同学给自己带饭。别看他瘦得像豆芽，平时他每顿能吃半斤饭，今天他说三两就可以。同学也知冷知暖地说：“晓得了，你快去休息。下午要不要请病假？”他摇摇头。同学就拿着他的碗去食堂里打饭，几个人商量着，饭打得少，不妨打两份肉菜外加两枚卤鸡蛋一个卤猪蹄给蒋纵补补身体，还有人提议，是不是给他买一瓶二锅头。

下午蒋纵照常到教室里上课，刘婉玲的事情是同学们唯一的话题，一边说一边朝着蒋纵指指点点。蒋纵发现自己已经适应，只一个中午，他就调节了过来。还是意念的作用，他告诫自己，人家都死了，我被同学议论几句又算得什么？人并不是我害死的……但我要摆出什么样的表情，应对别人的关注呢？他想摆得悲伤一点，或者是面无表情，想不出个标准答案，脸皮子绷得紧。他的书桌里有一面巴掌大的镜子，有时候，他会把镜子夹在书里，佯装听课，其实不断地审视自己。有时候，一照镜子就挨过了半节课。很多同学都有这嗜好，不光女孩，还有男孩，一边照镜一边把青春痘挤出汁来。但这时，蒋纵不断加大意念，依然不敢将镜子掏出来照自己的表情。

下午还算平静，听人说刘婉玲的母亲已经赶过来。她父亲在遥远的地方考察一个项目，明天才能坐飞机赶回来。蒋纵心想，下了课也不去食堂，同学们中午买来的卤菜没吃完，拿来当晚餐都够。快下课时，蒋纵听见哀乐声响起，头皮又一阵发麻。铃声一响，他想回寝室，教导主任老徐拦在教室门口，说我正找你哩。

老徐并不老，三十六岁的光棍，整年都穿红裤衩。教导主任是个不上不下的职位。有学生意外死亡，学校高层（校长一人，书记一人，副校长四人、工会主席一人）都很震动。校长在外面开会，打个电话过来说："现在学校升级正在关键的时候，死什么人嘛。"接电话的人委屈地说："突发事件，谁能料得到啊，料得到谁都不肯死了。"校长指示马上妥善解决此事，从人道主义立场出发，尽量满足死者家属要求，息事宁人。高层领导或者以职权范围作借口，或者说手头有事正忙，相互推诿；一般的教师闲云野鹤，哪肯挑重担。处理这事最终落在中层领导老徐身上，责无旁贷。老徐心想，本命年如虎狼，活该倒霉。

听说刘婉玲的母亲是个家庭妇女，老徐就想象见面时的情况：一把鼻涕一把泪，哭天抢地，揪着他的衣襟泣诉，还我女儿，还我女儿！其实不是这样，中年妇女气质不错，衣着得体，脸上还化了淡妆。妇女按捺着情绪听老徐讲情况，老徐便宽心起来。处理意见火速拿出来了，主要原因是工程质量，铁栏杆嵌进水泥廊柱的一截偏短，此外用于固定栏杆的混凝土硬度有待检测。但房子建了十几年，施工负责人早不知去向。朝这个方向追究，虽有理论上的可行性，但真要操作，道路之曲折，前途之黯淡，简直令人窒息。校方给每个学生买了简易保单，身故有十万赔偿金。校长的人道主义，就是在此基础上追加十万，另外可以帮刘婉玲的姐姐解决工作，来本校任教。校长遥控指挥，很快找熟人摸清了刘婉玲的家庭关系。她有一个姐姐去年从某高等师范学院毕业，被教育局分配到偏远农村教初中，却没有去。她说她要的是分配，而不是发配。

校方的处理方案全面周详，以至某副校长质疑，处理方案如此优厚，要是以后学生故意跳死，怎么办？据说贵州的矿区就有这样的情况，赔付款一高，死的人反而直线上升。校长强硬地说："谁家十五六岁的孩子，宁愿拿一条命换个二十万，我都给！"又有人说，师资岗位本来就超员，死一个学生多一个老师，以后老师多学生少，怎么得了？我们学校是不是要升级成博士点啊？校长吼回来一句："严防死守，责任到人。以后谁管的学生出了事，责任老师全权负责，腾出位置给别人干！”

刘婉玲的葬礼也由学校操办。按本地习俗，还没结婚就早夭的化生子，尸身不能回家。刘婉玲的母亲电话里和男人商议，基本上没什么意见，就等男人来了以后和校方最后确认。诸事议毕，中年妇女魂不守舍，坐在椅子上，时不时抽泣几声。她身子发软，不太坐得稳，老徐就坐旁边用身体支撑着她，递纸巾递水，轻声安慰。“还有什么要求，你都可以提。”老徐按校长指示，周到地提醒着中年妇女。大问题都已解决，小要求须及时处理，尽量满足，千万不能让对方突然反悔，节外生枝。中年妇女愣了半天，忽然说想见见那个小男孩。

“哪个小男孩？”

中年妇女含糊地说，女儿好像交了一个男朋友，应该是同校学生，但不知道姓名。老徐赶忙说：“那好办，我去帮你问问。”

她从哪里打听到女儿还有个小男友？她怎么想到要见见这个小孩？要从他嘴里问问女儿的情况？此事不便追问。这要求尽管有些唐突，但还算不得过分，是在“尽量满足”范围内。老徐去刘婉玲生前所在班级打听，果然有这样的事。老徐顺藤摸瓜找到蒋纵。

“你和刘婉玲……你是刘婉玲……怎么说呢？你们是不是？”老徐忽然口拙，他看这小孩，简直还没长毛，不知怎么跟他说。蒋纵没吭声，因为不晓得如何作答。如果说不是，那是自己怯懦；如果说是，又不够理直气壮。他心里正纠结成一团麻。见男孩没有吭声，老徐只当是默认，换了循循善诱的语调说：“按说是违反了纪律，但今天的情况有特殊性，你不要有顾虑。刘婉玲的母亲想见见你，没问题吧？只是见一面。”

中年妇女也搞不清自己怎么就想见那男孩，等男孩来到自己面前，他的反应全不是自己所想。男孩的眼睛在地上找缝，脑袋都恨不得耷拉到裤裆里。中年妇女不好让小男孩为难，自顾说了几句，就用眼神示意老徐，可以让男孩离开了。她搞不明白，女儿怎么会喜欢上这棵豆芽菜？看上去，他顶多也就是女儿的姊妹，哪是男人？……但是，女儿已经死了。中年妇女一旦岔开心思想别的事，这个冰冷的事实一次一次、分分秒秒将她拽回来，脔心一阵阵抽痛。她又想，婉玲要是还活着，找什么样的男朋友，妈都由着你！

……但是，婉玲已经死了！

老徐一看表，现在已是晚饭点，作为接待人员，他要带中年妇女出去找家馆子吃饭。他问男孩："饿了？一起吃个饭去。"蒋纵惊恐地摇起脑袋。他的脖子颀长，脑袋是扁圆形，摇起来分明就是拨浪鼓。

"好的，那你走吧。"

蒋纵也不晓得见了刘婉玲的母亲为何会浑身发抖。一站到中年妇女面前，他心里反复默念着：我是一团空气，谁也看不见我。我是一团空气……终于，老徐让他走，他赶紧掉转脑袋向后走。一边走一边痛恨起来，我怎能这样没出息？刘婉玲肯定不会满意自己这副表现。他想到刘婉玲，想再次记起她身上那种难以命名的气味，脑子却打了个忽闪，浮现出卤猪蹄和卤鸡蛋。

## *每个人都很有才*

中等师专的大门，铁匠可以随意进出。门卫老纪以前也是本地菜农，掰掰手指肯定能数成亲戚。铁匠跟老纪打个招呼，就往里走。老纪知道对门摆台球摊的铁匠并不是爱挑事的马路晃晃。出于习惯，老纪随口问一句："这么晚了，你进去搞么子？"

"里头哪个死了？"

"一个粉嫩的学生妹子，造孽呀。"老纪咂巴着嘴说，"上午从三楼摔下来，眼都不眨一下就死掉了。"

"摆在哪里？"

"能在哪里？后门，有一溜车库，就摆在那里。铁匠，你有心思看死人啊，要不要送个花圈？"

"说不定会送一个。我是靠你们学校的学生吃饭，死的都是我衣食父母。"铁匠歪着嘴朝老纪一笑，把耳朵上夹的烟扔给他。

佴城不大，但郊区这所校园却有些广袤，从前门到后门，要从两座矮坡中间狭长地带穿过，说那是峡谷，未免托大，说是校园小径，真担心会有强人剪径。男孩蒋纵独自往后门方向走，走到这一段，路灯忽明忽暗，道两旁的杂树被风一吹，乔木哗哗地响，灌木瑟瑟地抖。蒋纵心里不免害怕，虽然路灯亮着，但他觉得随时会被一阵风灭掉。

他往身后看看，教学楼暗了，宿舍楼还没熄灯。他知道，转身回去是不行的，同学会取笑他。刚才，是他们费尽唇舌将他撵出来的。

幕后黑手其实还是老徐，他要圆满完成校长布置的任务。头一天，他陪着中年妇女守灵，刘婉玲父亲还有一些亲戚明天才赶到。刘婉玲生前所在班级来了不少学生，校方给他们放假，晚上守灵白天补休，还发餐补。相对于上课，这些孩子倒是愿意守灵，但他们不晓得围着刘婉玲的母亲嘁嘁喳喳聊一聊，追思故友，安慰遗属。他们自顾扎堆说话，老徐和中年妇女只能枯坐墙角，孤单成双。校方指派了几个老师，他们在灵堂敷衍地坐了一会，又围在一块打扑克。

老徐坐得无聊，心思忽然一动，如果男孩蒋纵过来陪着，总是要比两个人大眼瞪小眼来得好。中年妇女白天憋进肚里的话，现在可以从容讲。他先是打给蒋纵的班主任贺加强，但贺加强并不买账，他说凭什么要叫我学生去守死人？他俩是不是扯证结婚了？老徐知道贺加强不会被自己说通，再一想，不是他的错，倒是自己，哪壶不开提哪壶。贺加强是学校里为数不多的名牌大学研究生，主攻数理逻辑的递归论和公理集合论，但分到这里，只能教革命史和马政经（马政经，在方言里谐音“不正经”）。贺加强憋了一肚子火，不敢朝领导发泄，揪着老徐正好释放情绪。

和贺加强说不通，老徐便调整方略，便给学生会的干部打电话，下指示，要他们务必完成这个任务，马上就干！老徐刚被贺加强喷了一通，语气便有些严厉。

蒋纵这一天虽不干体力劳动，但也累得脱形，打算早点睡。班长撩开他的帐门，冲他说：“蒋纵同学，你怎么能睡觉呢？”平时班长也叫他重孙，此刻忽然一改腔调，一声同学叫得有如同志。蒋纵说："怎么不能睡？"生活委员说："你女朋友今天刚死，你不给她守夜，还是不是人？"几个班干部义正词严，轮番劝他。他们头回执行这样的任务，劲头十足，但表情尚欠熟练，所以一个个用力绷着脸。蒋纵以为自己坚持一会就能睡下，很快发现又盲目乐观了。这些干部摆开架势，今晚蒋纵不去守夜，他们就守他的夜。

此刻蒋纵独自走到两座矮坡中间，心里想，要是有个人陪我也好。正这么想着，就有个声音在不远的地方喊他："喂，小孩！"蒋纵抬头一看，半明半暗的光晕里，一个瘦高的男人朝自己走过来。男人很快走到蒋纵面前，问他是不是要去后门的灵堂。蒋纵点点头。"走，我们一块去。"男人顺手揽住蒋纵瘦削的肩头往前走，蒋纵感到这是一只有力的手。前面的灯也纷纷亮起来，这男人仿佛可以增大电压。男人问他是不是摔死那个女孩的同学，他点点头。

"同班同学？"

仍是点点头。

"那她叫什么名字？"铁匠想这么问，话到嘴边又哽住了。马上就会看见遗像，一看就知道那女孩是谁。是，或者不是。他相信不是，生活中的好事和歹事都是小概率事件，他活了三十年，自知不是一条好命，但运气也不算太坏。蒋纵问他："叔叔……"铁匠便纠正他："叫哥哥。"其实他知道，叫叔叔是对的，他大这小孩一轮有多。蒋纵又问："你也是去灵堂守夜？"铁匠点点头。

"你认识刘婉玲？你是她的亲戚？"蒋纵忽然担心起来，他想他会不会是刘婉玲的哥哥？这简直比她母亲更难面对。

“……不是。我就住在校门口，晚上这里放哀乐，我睡不着，过来坐一坐。”铁匠摸出烟盒，拨一支递给蒋纵，蒋纵摇摇头。铁匠说：“抽！”夜色中，两人一齐喷出烟子，并排走在路上，但步调不一致，铁匠走四步蒋纵要跨五步，所以他必须加快步伐。

老徐抬头一看，来的竟是两个人，除了蒋纵还有一个三十来岁的男人，瘦劲的身躯庇护着蔫巴巴的蒋纵。老徐走过去问：“你好，你是？”

“我是他表哥。”

“欢迎欢迎……麻烦你了。”老徐心想，这男孩毕竟经不起风浪，被今天的事搞蒙了，打电话把亲戚都叫了来。老徐一看这男人一张刀条子脸，觉得熟悉，应是在哪里见过，一下子想不起来。老徐目的没有达到，蒋纵和那男人找了另一个角落坐下，中年妇女还是老徐单独陪同。那几个老师打得兴奋，吵吵嚷嚷，有人出一张牌就骂一句脏话，老徐厉声制止。打牌的老师嘟囔了一句，说你屁大个官，官威倒是不小。之后，场面毕竟安静了下来。

铁匠很快看出来，这男孩不是刘婉玲同班同学。她的同班同学全坐在那边嗑瓜子说话，这男孩扎不进堆。铁匠正要问，蒋纵主动开口说话了。他轻声说：“表哥，我好像在哪见过你？”

铁匠记起来，十年前，马路上闲逛的男人找漂亮妹子搭话，总拿这一句开篇。他不由得苦笑，并告诉这男孩：“我就在你们学校大门口对面，摆台球桌，也卖过磁带。”

“那我应该在你店子里买过磁带。”

“不可能，我好几年前就不卖了，现在是CD、VCD，还有什么D。我卖磁带的时候你还在读小学。现在我只开台球场子。”

“我没去过，我不打台球。”

“没关系。”他这才问，“你好像不是这个……刘婉玲同班的同学。”

“不是。”蒋纵眨巴着眼睛，委屈地说，“他们说我是她男朋友？”

“他们说？那到底是不是？”

蒋纵没有开口，身子倚向铁匠。他很瘦，坐在没靠背的椅子上晃得厉害。而且他觉得冷，这个天上掉下来的表哥倒是热乎。他问：“表哥，你结婚了吗？”

“没有。”

“有女朋友吗？”

“呃，有过。”

“有过？你的女朋友也死了吗？”

铁匠见这男孩眼睛倏忽一亮，脸颊便被两枚眼球挤得更窄。他觉得他像某种动物，南极的企鹅、西伯利亚的旱獭或者是沙漠里的狐鼬。这些动物都是四肢爬行，但喜欢直立起来装人，个个憨头憨脑。他喷着烟，进入回忆的状态，告诉他：“为什么要死呢？有过，分开了。”

男孩贴得更紧，仿佛很想听听铁匠的爱情故事。铁匠从来不喜欢给人讲故事，因为他没有故事，但这一晚，他心里有一股说话的冲动。夜晚很长，死去女孩的照片放在一丈开外的地方。照片上，女孩笑得阳光灿烂，阎王爷看见了，也忍不住在她小脸上捏一把。

铁匠给蒋纵讲起了故事。铁匠说很多年前（故事总是发生在很多年前，真是毫无办法），自己还年轻的时候，曾和一帮兄弟去广东混，到后来只好到处抢劫，飞车抢夺，或者脑袋上套了丝袜冲进金店，用西瓜刀架在店员脖子上，让他们把金饰和钻石项链放进自己裤兜。

男孩蒋纵默默地听，没有搭腔。灵堂内总是有些嘈杂，铁匠控制着自己音量，怕不相干的人听见，其实都是多虑。只有蒋纵在听。有时候，他也怀疑蒋纵没在听。捅捅这小孩，他就说：“呃，后来呢？”

后来，有一次作案得手，他和同伙将车开到郊区一座小山头分赃，这时一个高脚妹子突然冒出来。同伙担心妹子多嘴，不想留活口，但他不愿意滥杀无辜，拼命护住这妹子。后来同伙里有人被公安抓进去，严刑拷打，但是意志坚定，决不出卖兄弟。别的兄弟认为是那高脚妹子出卖了同伙，要砍死她，铁匠再次将那高脚妹子救了下来。铁匠的老大很讲义气，很罩小弟，为此还插了自己一刀，帮铁匠和妹子摆脱了那伙人的纠缠。再后来，那女孩当然死心塌地对他好。有一次，他被仇家追砍，身披十几刀，窝在省城一处出租屋不能动弹。那高脚妹子从台湾赶过来，端茶倒水，换膏药、擦身体，伺候自己半个多月……

铁匠发觉自己说漏了嘴，担心男孩质疑，姐姐怎么是台湾的？铁匠扯起耳朵，听见男孩喷出细微的鼾声。他只好坐着不动，任他倚靠。他又想，这些小孩太小，已经不看那些黑帮爱情电影了。刘德华与吴倩莲的死去活来，比不上红太狼用平底煎锅将灰太狼一次一次敲向天空。他们崇拜的明星，自己未必喊得出名字。

老徐一直在劝中年妇女，说你今天老远赶过来，已经累得不行，不必守整夜。还是先去休息休息！中年妇女一开始有些激动，说我怎么能休息呢？后面有些撑不住了，默许了老徐的建议。老徐开着车送她去校招待所。两人一走，灵堂突然就热闹起来。几个老师狠狠地将牌砸向桌面，恨不得每一张牌拍死一个对手。

刘婉玲同班同学们坐着瞎聊大半夜，实足没劲。刚开始聊着刘婉玲，还有些难过，斯人已去，音容宛在。聊了大半夜，难过的心情慢慢转换为烦躁，只想找些事情打发时间。天还没亮，哪里传来一两声鸡叫，旋即又被狗叫声淹没。一张桌子上堆叠着不少白纸，还有毛笔和墨汁，他们就铺开纸写起了对联。

对面那帮学生崽摆出姿势写起毛笔字，每个人都是很有才的样子，毛笔一挥，写成一副对联，围观的就大声叫好。喧闹的声音将蒋纵惊醒。他们将蒋纵拽了过去，邀他一起写对联。蒋纵恐惧地说不会写。旁边有人提醒："嵌字就行，把你的名字和她的名字都嵌进去，这才有纪念意义。"蒋纵头皮一阵阵地发麻。墙角摆了一溜花圈，是以校方各领导、各教学科室名义送过来的，都垂了挽联。蒋纵只好现买现卖，从上面找字拼凑到对联里。他对对联的概念很陌生，只知道上下联的字数要一样多。这倒不是语文功力，掐手指就能解决。犹豫了好一会，他便在纸上歪歪扭扭地写：

婉玲安息！

蒋纵哀悼！

本来他是想写"刘婉玲安息"，但下联就凑不足五个字，他有点恨父亲怎么给自己取个单名。他把笔搁在一旁，想走，但刘婉玲班上的同学拖住他，说这不对，你只写这么几个字，应付差事？你是她男朋友，一定要写长一点，要比别人的都长一点才行。蒋纵拗不住别人的劝说，他总是无措，容易被别人安排和指使。他又憋了一会，在另一张白纸上写：

不能同年同月同日同时同分同秒生

但愿同年同月同日同时同分同秒死

蒋纵心想，这下字数够多了，但别人仍然不放过他，说这是拿卷巴话交差。他们操着古怪的腔调念着他写的对联，果然就像大舌头。还有人提出：你没有和她一起死嘛，这么写，很虚伪。蒋纵憋红了脸，再也想不出别的东西。这时，铁匠也走了过来。他说："不要难为他，我来写好了。我是他表哥。"

铁匠拿过纸笔，脑袋里首先浮现出的，是毛主席诗词。他赶在毛主席去世之前那一年出生，还在娘胎里的时候，蔬菜村广播喇叭里播出的诗词和最新语录就是他的胎教。他多多少少记住一些句子，估计其中两句应该是与爱情有关，因为有"天若有情"四字。《天若有情》是他喜欢的电影，里面的刘德华和吴倩莲从头到尾都在搞爱情，爱得鼻青脸肿，爱得锥心刺骨，爱得惨绝人寰。

天若有情天亦老

人间正道是沧桑

这些学生崽子并不好糊弄，有人说这两句是搞革命的意思，和男女之间的感情没有关系。铁匠有些意外，知道自己糊弄不过去。肚里没货，铁匠一时下不来台，但他可不想在这帮小孩面前丢脸。搜肠刮肚地一想，幸好想起了刘德华，以及他唱的那些歌。刘天王不见得唱得有多好，因此，在 K 歌房里铁匠总是点唱刘天王的歌，可以保证不比原音再现更丑。

稍加拼凑，铁匠便用歌名硬凑出一副对子：

缠绵难换真永远

天意可待来生缘

幸好还有刘德华，幸好他唱过的歌蛮多，而且大都是唱爱情的。铁匠松了口气，写罢把笔一扔，这才觉得有些累，蹒跚着走回原来的角落。背后有小孩随口哼起了《来生缘》，“痛苦痛悲痛心痛恨痛失去你……”铁匠一度怀疑，写这歌词的是个结巴子。

## *长达半年的回忆*

铁匠哪想到妹子死得这么干脆，目光第一次触摸那帧遗像时，还来不及难过，首先得来是一阵荒唐之感。难过之后，他又发现自己处境尴尬，没法把自己和妹子的关系讲给任何人听。说出来又能怎样？他看看那个男孩。那个鼻孔不再挂着鼻涕，刚长出些绒毛的男孩，被所有人当成她的男朋友。

男孩无助地坐着，勾下脑袋，一派替人受过的样子。事实也是这样。铁匠看看他，再次看看照片里依旧微笑的刘婉玲，脑袋蹦出一个词：死无对证！他突然知道这是什么意思。铁匠读书不多，不能像学生崽子在课堂上打批发似的学来很多有趣的字词以及成语。他要弄明白一个词义，总要付出不小的代价。就像那一次，他在大勇家院子里，大勇找了个医生兄弟在屋里给一个妹子打胎。这些年，大勇不停地给妹子打胎，不想再往医院里扔杀人的钱了，打算 DIY 一把，节省费用。那天，妹子在屋里杀猪般地喊叫起来，大勇赶紧招呼铁匠，进去帮忙摁住手脚。折腾半天，铁匠也是小有收获，他相信自己弄懂了什么叫血口喷人。

在铁匠记忆里，刘婉玲并不爱笑。傻姐成天挂笑，美女随时蹙眉，事情总是这样。他时不时命令她："笑一个！拉着脸给哪个看？"或者说："你心情要是不好，回去。哪天心情好了再来见我。"说这话时，他本人就拉着脸。他心里明白，用不着跟这妹子低眉顺眼。要是低眉顺眼会有效果，学校那些男生早在她身体的丛林中辟出一条大道了。校园毕竟起着庇护作用，她一般碰不到凶狠的男人。她就等着有个狠人一把撕开她脆弱的骄傲。

她还是不笑，他就过去捏她粉嫩的脸。她嘟着嘴说："我心情不好，你也不安慰我！"

"你们班主任吃干饭的？心情不好找他撒一撒，撒完了再来见我。"

"你以为你是谁啊？"

"你说呢？"

她沉默一会，忽然爽朗地笑起来，夸他说："你这个人，太伍佰了。"

以前待在一起时，她经常将他夸成伍佰。其实他不是很喜欢伍佰，那哥们成天吊着一张扁脸，面对的却是热情的粉丝。但他也知道，她这么夸他，透着一种喜欢。伍佰就伍佰好了，铁匠暗自琢磨，伍佰泡妹子的时候，会摆什么样的表情？好像大明星也不是万事顺心，伍佰泡一个艳星妹子。电影里，那妹子被各款男人手到擒来，实际生活中，他却好多年泡不下，两眼巴巴，一脸是血，所以唱出的歌总有些无奈。……数不尽相逢，等不完守候，如果仅有此生，又何用待从头（白：来来来，喝完了这杯还有一杯。再喝完这杯还有三杯！！！）……

半年前，他刚见到她时，他在打球。打球是他的正事，眼光瞟向她的脸庞只是无意。当时她在隔壁那家火锅店吃麻辣烫，素菜两角一串，荤菜五角，不荤不素看标价。学生妹子最爱吃麻辣烫，她们会把任何一种买得到的食物丢进汤锅里涮。这个妹子爱涮天津大麻花。大麻花煮蔫后，夹起来好大一坨，她用牙齿左一掰右一撇，便将整条麻花捋直成面条状，源源不断地吸进肚里。虽然她吃相有些馋，但他相信这妹子就是自己暗中期待的款型。他只是想想，没有进一步的行动。这些年来，他好多次碰到牵扯自己目光的妹子，欣赏一番，心里暗自神交几个回合，长则半月，短则三五天，就忘了干净。他笑自己是不是有些花心，其实他没跟任何一个妹子吹过呼哨。他不想和马路晃晃混为一谈。

铁匠看着那个涮麻花的妹子，打球偏了杆，雷妹就觉察到有什么不对劲，睃来一眼。他赶紧端正态度，打出一组连杆。

那妹子隔三岔五就来涮麻辣烫，次次都要煮一根大麻花。他不知道她叫什么，在心里把她叫成麻花。有时候，正在打球，他心里想，麻花怎么还没来？视野之内忽然有些寂寞。

某天傍晚，台球场子里只有铁匠独自打球，四周涌来空空荡荡的回声。麻花和几个同学妹子在那边涮麻辣烫。忽然，麻花攥着手机接电话，朝着铁匠走过来。铁匠支起耳朵听她到底说些什么。她是打电话问父亲要钱，要五百，买一件衣服。她父亲不太爽快，大概是说，不刚给你买了几件衣服么？怎么还要买？麻花撒着娇说，我就要我就要，另外几件都是你给我买的，也不征求人家意见就买下来，穿在身上都跟鬼一样。麻花的父亲在电话那头咆哮起，不肯给钱。麻花嘴一噘，眼泪珠子就分泌了出来。她抹抹眼泪，在街边站着，没有马上回去吃麻辣烫。

街上空空荡荡。铁匠想，这时候不和她打打招呼，简直暴殄天机。

“喂，美女！”

她扭过头，他走到她面前掏了一把钱给她，五百块。她惊愕地看着这一系列举动，扭头想走。他低沉却又遒劲地喊一声：“站住！”他并不经常打架，但揸架时叫板的语气，仿佛天生就会。她被这一声搞得发蒙，怔怔站着，不知怎么办，也不敢离开。铁匠这时想起一首歌，他觉得自己变成了狼。一个人未必天生就是狼，只不过另一些人天生就是羊。

“拿着！”

她手一抖，就把钱接了过去，这才回过神，仿佛捏着一坨狗屎，赶紧扔在地上。他只好把钱捡起来，声音柔和了一些。他又说：“……借给你的，哪时有钱哪时还我。我又不要你写借条，按手印。”

“为什么要借我钱？”她发现现场只有她和这个男人，同学们在十丈以外。她心里纠结，我是不是要呼救？男人蹿了几步，身体就像门板一样，卡在她和遥远的火锅店之间。

“拿着！”

她将手攥成了拳头。他几乎是一枚一枚掰开她指头，将钱塞进她指缝。“你不一定要还，我也绝不会再找你，但你不要把这钱扔掉。我的钱，不是偷来的。”他又说，“要是你敢把这钱扔掉……有种你试试看！”

她越过他往那边走，走得几步，果然扭头看了他一眼，说：“钱我会还给你！”他站那里等着她回头说话，但她真的扭头过来，他又觉得这情景有些狗血。他第一次干这种事，竟然轻车熟路。这些年，他身边不少兄弟都是先把妹子吓傻，再把她们变成自己的女人。吓傻还算轻的，据说有人拦夜路，把妹子先打晕，等妹子醒来，便跟她说是我从天而降，保住了你的清白哟。男人泡女人这事，本来就看八仙过海各显其能，不像学校里的男孩，憋了半天尿劲，最后顶多发发短信。

铁匠拿不定主意女孩会如何处理此事，五百块钱扔给一个赏心悦目的妹子，他并不心疼。活到这个年纪，他在女人身上着实没花什么钱，也该花一花了。他心里暗自这么想。

过了几天，是一个冷清的早晨，冬雾弥漫。铁匠一打开店门，麻花妹子就从雾中走出来。她装得什么都不怕，手心却攥得铁紧。铁匠暗自好笑，看她一身衣服，大概是用那五百块钱买的，是军绿色的皮衣。她递了两张钞票过来，小声说：“我先还你两百，还有三百下个月还。”他接过钱，点点头。她转身要走，他忽然冲她说：“你还没把你手机号码给我。”她说：“我没有手机。”

“站住！”他再次欺身拦到她面前，简直有些轻车熟路。他说，“要是我搜出来，手机就是我的了，行不？”她没有办法，只好吐出一串数字。他马上拨。要是这妹子故意乱讲，把范冰冰的手机号码告诉他，那可不行。他当场验证，她手机就在兜里响了起来，摸出一只挺大的家伙。他记下号码，又说："你怎么拿这么个手机？不秀气，赶紧扔了。我帮你买一个新的。"他摆出自来熟的口气，仿佛彼此相识多年。

"去你的！"她嘴皮一弹，就轻轻地跑向学校的大门，身影在晨雾中若隐若现。

既然掌握了她的手机号，铁匠随即展开攻势，不断发短信，抬头称呼她"亲爱的麻花"，一直没得到回复。他不知道，自己的短信淹没于无数短信当中，麻花根本来不及看。

转机出现在某天傍晚，他开着丁狗子新买的车试一试手，在中等师专门口碰见麻花和两三女友在等车，脸上是期盼状。他把车拢过去，拉下窗冲她喊："上车！"她一看是他，很快配合起来，招呼那几个妹子坐到后排，她自己则坐到驾驶副座。她们去看电影，正上演一部美国产动画片。他搞不清这么大的妹子怎么还看那玩意儿。到电影院，他下车跟着，麻花神情便紧张起来。他只买四张票，没给他自己买。要是兄弟们知道他去电影院花四十块钱看一场动画片，会笑到抽筋。

他把票递到她手里时问："叫什么名字？"

"刘婉玲。"

"呃，我记住了。"他言简意赅地说，"明天下午，我在学校后门等你。"

她没吭声，拿着票转身走了。

次日下午他将车停在中等师专无限偏僻的后门外，傻等。他有种赌徒的心理，也不发短信，一直等到天黑。看着她的身影从门口闪出来，他心想，干这事，可不像赌台球那样有把握，悬念大了，自己劲头也就越发地高。

那天，他载着她，去到更偏僻的郊野。一路上，他任她说话，自己安静地听。一俟开口，她越说就越觉得自己想说的更多。说得太多，她心里会有一丝歉疚，告诉他："其实我不是话多的人，现在也不知道是怎么搞的。"他知道是怎么搞的。话多的人往往觉得自己话不多，话少的人恰恰相反。但他乐意看着这个妹子停不住嘴。他知道，说话的人往往会依赖听话的人。

此后他又约她出来几次，吃饭或是看电影。看见她，他心里就有说不出的舒服，但故意板起脸，对她不那么客气。他虽然不泡妹子，但从兄弟们口中听多了，学校里这些嫩妹子，若是怕一个男人，反而会跟这人亲近。这大概是学校男孩泡不到她的原因。有时候，他也想痛快一点，就在车里把她彻底弄到手。网上有消息，在我国，A 罩杯女性占到四成，G 罩杯的，大概和熊猫一样稀有。他知道她身体比同年龄段的女孩都要丰满，纯属稀有，这很招男人喜欢。男女之间的欢爱，往往是一眼能看见的因素最有吸引力。

但铁匠奇怪地忍住了。他知道，既然是迟早会有的事，自己只需等待，享受水到渠成的乐趣。他越是不说话，刘婉玲越是说得多，似乎害怕冷场。他暗想，这就对了。

放寒假，刘婉玲回到朗山。开学前一星期，她就从家里赶到佴城，说是学校开学后要参加演出，抽调学生跳舞，抽到她。其实没有这回事，学校大门紧闭，冷冷清清。铁匠的台球场子也关了门，他主要还是做学生的生意。那天晚上，铁匠忽然收到一条短信：给我开门！他下到一楼打开铁门，刘婉玲背着一个包出现在他面前。他意识到有些事必然发生了，喉结咕嘟滑了一下。她钻进他的狗窝，脸上是很受用的模样。她指使他去杂货店买些吃的东西，还有饮料和酒。她说："你这里是上甘岭。"

那晚，该发生的事情必然发生了。他觉得很舒服，问她感觉如何，她说："不告诉你。"其实她疼得脸都歪了，但不怕疼。

其后几天，两人将房间当成上甘岭困守，饿了就抓起地铺旁边的食物充饥，憋了就罩着对方的衣服上一趟厕所，几乎不刷牙。

他估计自己碰到了他们所说的爱情。和这妹子成天搅在一起，还是没有厌烦的感觉。有时候，他甚至希望天一直黑下去，昏天黑地，永远不要天亮。以前，他总是嫌夜太长，就等着白天做生意，打球多赢下几盘。

她的背包里还装了几本书，其中一本竟是伍佰写的诗。她以前从不买诗集，但看一看封面上的照片，狠一狠心买了下来。书名很长，《我是街边游魂，而你是闻见我的那个人》，占据了伍佰的半张脸。她将诗读给他听，他搞不清楚谁是游魂，谁又是"那个人"，但觉得蛮有意思。和她在一起，他有了数不清的第一次，比如自己肚皮当成画布，被画上一只王八；比如相互用舌头给对方剔牙；又比如第一次听人朗读诗歌。要是没有她，他无法想象很多事情会在自己身边发生。

有时候，在床上躺得浑身都要散架了，两人只好穿着衣服，去下面台球桌上打几盘，他教她最基本的动作。门是关着的，寒气从门缝丝丝缕缕地钻进来，天花板上吊着的日光灯很长，白天也亮着。她不喜欢打球，但她喜欢看他打。冷得不行了，两人就你拉我拽地往楼上爬，扭开房门，一个纵跃扑向席梦思，就像大夏天里一头扎进水池。

有一天，刘婉玲剥开一盒张学友，仔细地听。她取下耳机，要他听其中一首歌，并说，这首歌遇人不淑，应该让伍佰唱，而不是张学友。老张嗓音温婉细腻，但有些歌被他一唱，总给人油腔滑调之感；老伍也许不像老张那样万众瞩目，但这人很懂得撕心裂肺，而且撕扯得登峰造极。

铁匠罩上耳机，心想，和这妹子待一天，学到的成语顶自己平时半年的领悟。刘婉玲喜爱文学，加入校文学社，去年在校刊发表了自己的处女作。他说现在你不会再发表处女作了。他的意思是，你已经不是处女；她点点头，心里想，我现在应该发表有点影响的作品才行。他以为作家和老师、医生一样，想当就能当上。他还问她，要这么多作家，到底有什么用。她想了一想，说我哪知道？等我当上了再告诉你。他心里有些遗憾，以后她是个作家，哪会和我在一起？鸡鸭不同圈，猪牛不同槽，他没听说过哪个马路晃晃找了作家当老婆。

他嘲笑自己，竟然有了和她长久下去的念头。

……如果这都不算爱，我有什么好悲哀，谢谢你的慷慨，是我自己活该，呃呃呃……

假期里，中等师专一带冷冷清清，鬼都能打死人，一开学又喧闹起来，学生一拨一拨地返校。刘婉玲同样是在一个起雾的清晨离开铁匠的家，走时反复嘱咐他，不要给自己打电话，发短信就行。她发誓，他的短信一定回复，“除非我死了”。说这话时，她灿烂地朝他微笑。

她知道死离她很远，有时候不妨拿来诅咒发誓。

### *羊爱上狼*

刘婉玲出现在生活中，铁匠得到的也不全是幸福。她说一定会回他短信，有时候偏不回。这妹子经常给他找些不痛快。前不久有一阵，妹子不回短信，电话也打不通，以至铁匠以为两人关系就此结束。他当然不舍，更多的是摸不着头脑，想不到学生妹子也把男人当成菜园子门，随意进出。如果碰见她，他会问问她到底怎么想的。但他知道，既然她存心躲着自己，就不会再去火锅店涮麻花。火锅店生意越来越好，来涮麻辣烫的女孩永远有那么多。他有时候看见她了，心里咯噔一响，定睛一看却不是。这些妹子长得各式各样，穿得大同小异，头发都按了时兴款式，向一侧披拂，盖住半张脸。

……以为是爱情，没想到只是艳遇！铁匠搞不明白，按说自己也不亏，心里怎就空了一块？

直到刘婉玲再次出现，铁匠心里积郁的阴云霎时散了。掐指一算，她只不过四五天时间没联系上，是自己某种情绪将时间抻得无限长。

他问她为什么不回短信，为什么不遵守当初的约定？她吐着舌头一笑，你大男人要讲话算数，我这样的女孩子，就是小人，你能把我怎么样？

铁匠又说："你都诅咒发誓的。"

"谁都会诅咒发誓，天打五雷轰。不守信用的人那么多，但你见过哪个人是被落雷劈死的，死得一身焦黑？"

她说最近有空我联系你，你不要发短信。那以后，她真的主动联系他几次。铁匠老觉得，她随时都会消失；有时候，又觉得她其实真喜欢和自己在一起。他装得对她满不在乎，其实他心里没底。两月前的一天，刘婉玲主动问铁匠要钱。要五百，铁匠抹了八张纸钞递过去。当时，铁匠认为这是一个好兆头，女孩一旦问男人要钱，就会对这男人有所依赖。她的依赖，对他来说是枚定心丸。一个月前，铁匠又不敢这么想。刘婉玲再次开口，问他要两千四。

"为什么是两千四？"

"香蕉新款出来了，你不知道么？"她要买最新版的香蕉手机。新款发布会刚在电视新闻里播出了，各地专卖店都是盛况空前。有女孩举着刚买到手的机子狂吻，仿佛抢到一个高富帅男友。

"我哪有？"他将裤兜掏个底朝天，像两只袜子挂出来。小时候，时而被个大的男孩拦路敲诈，他就这么应付过去。其实这点钱他不缺，只是担心，这妹子胃口不小。上次她要五百，他掏了八百，以为这个面带羞涩的女孩，起码有一阵不好意思开口。这才过了个把月，她又要钱了。两千四他掏得出，但下个月她要自己掏两万四，如何是好？他这才意识到妹子不那么好泡。

"两千四都没有？那就两千三百八！那机子只要两千三百八。"

"我只是开个台球场子，别人玩一个小时三块钱，你自己算，能赚多少？"

刘婉玲凝视着他，嘴唇翕动有形，但没发出声音。这也是她的惯伎，大概是从哪部动画片里学来的，说是相爱的人能够读懂唇语。他读不懂。

“什么？”

“你去卖一颗肾！”

她重复一遍。她说出这话，就像吐出一枚瓜子皮，脸上笑得一片灿烂。他晓得这是开玩笑，不可能当真，眼皮止不住地一抽。他联想到最近看到偷肾的新闻，被害人躺下去还是须尾俱全，睁开眼发现腰子少了一枚。

“好的，我俩打台球，你能赢我一盘，我就卖一颗肾。赢两盘卖两颗。”

“我舍不得，我要你给我留一颗。”

“呃，要是我买一颗猪腰子，念段咒语，就变成人腰子，那就赚大了。”他想转移话题，但这妹子一门心思还绷在他的器官上。她又说：“要是我俩结婚，你突然死了——我也不希望，但这也说不清楚，是吧？一死，你的腰子、心脏还有眼角膜，归你妈还是归我？”

她脸上仍挂着笑，仿佛童言无忌。他忽然有些不寒而栗，稍后就暗自解嘲，我竟然怕她？开玩笑么。

“一把火烧了，骨灰你俩称着分。你不要，我妈肯定全拿。”

那天两人离开以后，她就发起闷脾气，又是几天不回短信。有一天，他收到她的短信，说既然你不掏钱帮我买手机，我去找别人，别怪我哦。他当时哭笑不得，想教训几句，又意识到这只能是火上浇油，忍住了。

接下来的几天，铁匠心里暗自揣测，刘婉玲真的联系上了哪个有钱的男人？她要搞定一个男人，分分钟的事情。真要跟那些钱多人傻的兄弟一比，她就会发现他也是个穷鬼，只不过在没收入的学生面前显得有几个钱。铁匠兀自担心起来。

他担心了很多事情，担心她离开或者消失，却没有担心她永远离开或彻底消失。此刻，铁匠坐在灵堂，想起这些事情，心口毕竟疼了起来。那两千四，当时怎么没给她呢？那只不过是自己输赢一天的数额，而她是自己的女朋友……而她只不过要一只新款香蕉手机。现在，买任何手机补偿她，也来不及了。

天空一点一点亮开，刘婉玲的同班同学回寝室睡觉。学校老师陆续赶到灵堂陪坐。追悼会定于晚七点半召开，之后遗体就要送火葬场烧掉。铁匠见过烧灰的情景，烧毕拉出炉，骨骼还有呈块状的，孝子孝女一边哭，一边手持小锤将块状物敲成齑粉。听老人说，遗体要摆足七天才能烧。时间没摆够，烧的时候死人还有疼痛感，说不出罢了。

老徐赶回来主持工作，见角落里那个男人面颊上一串串泪水挂下来，心里奇怪。他只是男孩蒋纵的表哥。蒋纵此时也迷惑地看着表哥。老徐走到那男人面前，半蹲下来，两人脸对脸。他问他怎么了。

“想到难过的事情了。”

“想到什么难过的事情了？”

“这个……我可以不跟你说么？”男人目光平视着老徐，眼泪转瞬间顿住，恢复一贯的表情。

老徐赶紧说：“随便问问，瞎问。你俩已经坐了一夜，回去休息……节哀顺变。”

“那你忙，我先休息一会。”他心里说，去你妈的。铁匠站起来离开灵堂，蒋纵尾巴一样跟在后面。空气很清新，树丛中传来鸟叫，晨跑的学生穿着短裤衩，还有的边跑边用英语对话。男孩蒋纵心里空空的，不知怎么办才好。虽然折腾了一整天，但他没感到累，走出灵堂他精神陡然好起来。他迷迷怔怔地跟上昨夜碰见的男人。现在，他觉得这男人比自己表哥还亲。男人时而扭头看看他，并不理睬。蒋纵跟着铁匠走到大门口，没法跟出去，按学校规定，现在是闭校时间。蒋纵只能隔着铁栅门看铁匠离开。铁匠回头看见男孩关在门内，眼巴巴看着自己。他跟老纪打个招呼，带蒋纵出去。公共汽车刚好驶来，时间还早，乘客各自挟裹一股晨雾上到车内。铁匠上车，蒋纵也跟着上车。售票员走过来时，铁匠说："我儿子这么小，也要算钱？"售票员没理他，扯两张票递过来。蒋纵看着小，其实比售票大姐高半头。

铁匠带蒋纵到一家新开业的连锁茶餐厅。他以前不会来这种地方，是前不久刘婉玲带他来的。她和她的姊妹热衷于搜寻新开张的西式餐厅和美发厅，即使偏僻的小城市，仿佛也有时尚，留待有心人找出来。一搜寻到，她们蚂蚁集膻般麇集而去，所以兜里的钱总是不够用。

两块比萨饼端起来，这让铁匠想起母亲炸的糖油粑粑，价格却顶得上一脸盆糖油粑粑。铁匠往后背一靠，在蒋纵面前摆出回忆的模样。"后来我还有一个女朋友，很年轻，很漂亮，那胸脯，就跟你女朋友一样大……"他顿住声音，看看男孩，男孩却很专心地吃饼。

"她还是学生妹子，没毕业就跟了我。这种事没人知道，她家里很有钱，她父母要是晓得了，肯定会来搞破坏。她的父母都很势利，一心想着要把她嫁给一个有钱但她根本不爱的人……"说来说去，怎么还是港产片的味道？

蒋纵看着窗外。不远处就是佴城的摩天轮，坐一圈二十分钟，五十块钱。摩天轮本来隐匿在晨雾中，这会突然亮了，今天生意开张得早。蒋纵一直想坐上去，转到最高点，看看整个佴城是什么样子。铁匠就在蒋纵脑袋上敲了一下，说你在不在听？吃我的东西，不听我的话，你现在就滚。

蒋纵集中了一会精力，又涣散了。他觉得，表哥的爱情故事简直比贺加强讲的革命史还枯燥。他已经将七寸的肉饼吃了个精光，意犹未尽。铁匠便将自己吃剩的一半递过来。铁匠讲了一堆话，完全是对牛弹琴，男孩根本没有任何触动。

这时店子里播着流行金曲，《狼爱上羊》。铁匠便借题发挥："你知道你们为什么泡不到女同学吗？因为你们小公羊泡不到母羊，你们进攻女同学，她们一点都不会害怕。要是狼来了，羊就只好顺从，羊会鼓起勇气爱上狼，因为这要比害怕轻松一点。你们身上就是缺少一点狼劲。"

蒋纵点点头，问他："你女朋友现在在哪？"

"和你女朋友一样。"

"死了？"

"难道没死？"想起刘婉玲，铁匠心情瞀乱起来，刘婉玲的小男友却在眼前吃得津津有味。她明明是想钓一个有钱男人，怎么找来这个小毛孩？铁匠估计哪里出了差错，她也只好将错就错……这也是无从查证了。

铁匠见蒋纵吃完了，就说："有力气了吧，把这首歌唱一遍。"蒋纵摇摇头，他不喜欢唱歌。铁匠又说："要你唱你就唱，不唱你就滚。"铁匠的声音并没有提高，但蒋纵听出来，表哥不是开玩笑。蒋纵会唱那首歌，想不会都不行，歌声总能找着机会钻进耳朵眼。“……狼爱上羊啊爱得疯狂，谁让它们真爱了一场。狼爱上羊啊并不荒唐，它们说有爱就有方向……”蒋纵唱歌时，服务员妹子跑过来，以为还要点东西。铁匠挥挥手驱散她们。蒋纵唱完一遍，铁匠鼓鼓掌，意犹未尽，又说：“再唱一遍，把歌里面的羊全换成狼，把狼全换成羊。唱得好，我带你去坐摩天轮。”

“……羊爱上狼啊爱得疯狂，谁让它们真爱了一场。羊爱上狼啊并不荒唐，它们说有爱就有方向……”

从摩天轮下来，蒋纵仍像个小马弁，鞍前马后追随着。铁匠这时想到，应该去买一个花圈。他跟蒋纵说：“你女朋友死了，你起码要送一个花圈，是不？”蒋纵说他兜里只有菜票，没有钱。他妈怕他乱花，把钱寄给班主任，委托班主任将菜票送到蒋纵手上。

“这话真不是男人说的，你就是卖血也要买一个花圈，送给你女朋友。”

“我不会卖血。”

他听出来，男孩是说不知道去哪卖血，而不是舍不得卖。“没人天生就会卖血。你要是不知道地方，我可以带你去。我跟那里的人很熟，要他们在你身上抽几碗，他们就抽你几碗血。”

铁匠没想到，这男孩仍然跟着自己，即使是被带去卖血，他也紧紧跟随。这孩子脑袋打铁！铁匠下了个判断。他直接带男孩去永丰桥，那里有一溜花圈店。他挑了其中一家，店主是卖一辈子花圈的老头，写得一笔好字。铁匠买一个最大号的花圈，让老头在挽联上写自己的名字，老头随手写好。

铁匠又说："再拿一个花圈，小一点的，也要写挽联。"

"落款是谁的名字？"

"……小孩，"铁匠将脑袋扭向一侧，问他，"你叫什么名字？"

## *我女朋友的男朋友*

两人各执一个花圈，送到灵堂，有点惹眼。刘婉玲意外死亡，收到的花圈并不多。她只是个女学生，社会关系尚未展开。校方和同学送的，加起来有十几个。刘婉玲父母还有姐姐，以及叔叔姑姑数人赶来。有的亲戚没有赶到，打电话要在场的亲戚代献花圈，但也没几个。铁匠和蒋纵送来花圈，是在刘婉玲亲属和校方的意料之外。

刘婉玲的父亲问她母亲，怎么回事。中年妇女只得耳语，神情加倍地苦楚，刘父听得眉头皱了起来。

追悼会快开始了，来人越来越多，校方还在发动更多的人。校长对此有个初步的设想，追悼会应不少于两百人，当然也不多于四百人，场地有限。悼词是他自己写的，他试着读了一遍，感觉不错。

铁匠和蒋纵被陆续赶来的人挤到越来越不显眼的位置。"蒋纵！"铁匠第一次叫男孩的名字。蒋纵转过脸，意识到有点严肃。铁匠掏出一个白色的信封，要蒋纵交给刘婉玲的母亲。蒋纵迷惑地看着信封，不接。

“人死了，光送一个花圈是不够的。”铁匠动了动嘴皮，又说，“就好比你抢了我的女朋友，只说一句对不起，我还是免不了要打你，懂吗？这钱就算是我俩一起送的。”铁匠觉得自己这腔调可以去当老师。蒋纵还是不接，他听懂了，但不敢。铁匠就不明白，这小孩有什么鸟用？

“那我跟在你后头，你把钱递给她妈。”铁匠说，“下一次我还带你去吃意大利糖油粑粑。”

蒋纵眼里闪着恐惧，但心里不想拒绝这表哥。他一直是个不知所措的人，和表哥在一起，他心头就稳当。他甚至想，要是表哥随时在自己身边，他也会强大起来，用不了多久就变成一个真正的男人。

蒋纵把白色信封递给中年妇女。中年妇女抽出来一看，疑惑地问：“这是怎么回事？”

“人死不能复生……节哀顺变！这是我们的一点心意。”蒋纵按铁匠教给他的话，一个字一个字地背。

“怎么有那么多？有多少？”

“两千四！”铁匠只好跨一步，亲自开口。他知道不开口是不行的。要赚钱不容易，要把钱塞给人家，也不是预料中那么简单。中年妇女谨慎地打量铁匠，又问：“为什么是两千四？”……为什么是两千四？同样的问题，铁匠也问过刘婉玲。现在，他想告诉中年妇女，其实是两千三百八，但我不可能要你回找二十块。他嘴上说：“阿姨，这个钱你一定收下。刘婉玲走得突然，我们和你一样难过。”

“这钱，我不能要。”中年妇女把钱又递了回来，但是没人接。

铁匠已经转身走回自己所在的角落。她突然哭出声来，将白色信封扔在地上。她又哭泣有声地说，“你们不可能和我一样难过！”

铁匠看见蒋纵把信封捡了回来，非常失望地看他一眼。铁匠再次走过去，摆出坚决的态度往中年妇女手里塞。他说：“阿姨，一定拿着。出了这么大的事，用得着。”

“不要！”她几乎是拍开他的手，并说，“婉玲从来不问我多要钱，她是个好孩子，现在她走了，我还拿钱有什么用？”

铁匠看着中年妇女坚毅的样子，知道这钱送不出去。不远处，刘父正恶狠狠地看着这一幕，神情冷峻，透着中年男人的正派与沧桑。铁匠憋不住想笑。他奇怪，我怎么能笑呢？于是，他记起那件事。刘婉玲曾告诉过他，她的确不问母亲要钱，但会问父亲要，平时要不了多少，但她有诀窍：在佴城的马路上撞见父亲和陌生的年轻女人牵着手，便走过去，扯着父亲衣襟要钱。她撞着好几次，因为事先有侦察，一撞一个准。这种状况下，父亲乖乖地掏钱，每次都不少于一千。

“其实我是心慈手软。那些骚货，不晓得搞了我爸多少。”刘婉玲说起这事，不无得意。铁匠心头忽然一凛，隐约感觉到，这妹子看着还地道学生样，其实她的经历，逼着她学会了很多东西。她父亲的言传身教，使她知道女人天性就要掏男人的钱包，不掏白不掏。说话时，铁匠刚给过刘婉玲八百。过不了多久，她就要买香蕉手机。铁匠明白，即使香蕉手机不出新款，总也有别的什么玩意儿。

刘母坚决不收钱，铁匠只得带着蒋纵转回角落。

“……呃对，你也是她家属，她妈不肯拿，我只好把钱给你。”他想了想，两千四有点多，随意抽了几张递给蒋纵。蒋纵必然有些犹豫，先是条件反射般的拒绝，但铁匠看出他眼底那层渴望。铁匠便狠狠地说："拿着！"他不知道自己发什么疯，一定要塞钱出去。他看着蒋纵，心里想，你小子，竟然是我女朋友的男朋友。坚持一会，男孩红着脸收下了。他接过钱的一刹那，铁匠再次想起那天塞给刘婉玲五百块钱的情形。

两人坐等追悼会，蒋纵身体不知不觉又靠在铁匠身上。这个男孩身子软软的，简直比刘婉玲还要软。他情不自禁伸出手搂着他，闭起眼睛回想自己恋爱的时光。美好时光总是短暂，和刘婉玲在一起，阳光总是无限明媚。佴城郊野有大片草地，刘婉玲在前面欢快地跑，要铁匠在后面追。但他不喜欢这么干，叫她别跑，她不听。他就朝她扔石块，她跑向哪边，他就将石块扔在她眼前不远的地方，有的石块反弹过来打在她身上。后来她就不敢动了，呆呆地站在一簇芭茅草旁边，恭候他的靠近。……男的追，女的跑，追上以后摁在地上搞一搞……在他店子里打台球的马路晃晃，都喜欢唱这首《原始社会好》。铁匠觉得自己变成原始人，摆出很霸蛮的模样，其实又是很轻松地把刘婉玲摁倒在草丛中。两人抱一块，忽上忽下滚几匝，草地其实有些硌背，铁匠依然看见刘婉玲眼神迷离起来。这女孩，倒是蛮有经验！这时，铁匠又有些沮丧，只是循着事物发展的惯性，继续撩拨一阵，直到她眼波似水，哈气如兰。

"快起来，瞎想什么哩，我不会强奸你哟！"铁匠站起来，恶狠狠地看着刘婉玲，一脸坏笑。看见她眼底有数不清的失望，他反而得来一阵古怪的满足……

铁匠想沉溺于回忆，但蒋纵不配合，他在铁匠怀里瑟瑟地抖起来。

铁匠只好醒来，看见前面黑压压的人群。他问蒋纵怎么了，蒋纵摇摇头不说话。这孩子总是不说话。铁匠想，难道他真的很难过？

“到底怎么了？”

“表哥，我们走吧。”

“不行，马上就要开追悼会了，难道你不想送她最后一程？”

“要是……要是他们叫我上去讲话怎么办？”

“不会！”铁匠心想，怎么会叫他呢？如果要这孩子发言，会有人过来通知他。其实根本不会，这孩子上去说话，刘婉玲父母的脸皮往哪里摆？他还没有任何社会经验，连这么浅显的道理都想不通。铁匠忽然又想，要是叫我上去，我会说些什么？铁匠忽然很有讲话的欲望，虽然他从不在人多的场合里发过言，但他想，如果我能上去，一定不会给刘婉玲丢脸。我要不看下面任何人，心里只想着刘婉玲。

“……真要你上去讲话，你打算怎么讲？”铁匠脱口而出，问蒋纵。

蒋纵在铁匠怀里越缩越紧，简直比女人还女人，比小鸟还小鸟依人。铁匠忽然有些恶心。他又说：“按理说，你是应该上去讲话。要是他们不让你讲话，就是根本不把你放在眼里。我是你，我自己都会走过去，把校长挤到一边，说些话给刘婉玲听。再不说就来不及了。”

“……已经来不及了。”

“喏，你心里还挺明白嘛，那就说些什么。”铁匠说出这话，心底有了古怪的欢乐，几乎想笑，鼻头喷响一下，就用手摁住了嘴。

蒋纵浑身筛糠似的抖起来，铁匠想笑，忍了又忍。他抚摩着男孩扁长的脑袋，压低声音告诉他：“你确实不应该找女朋友。找女朋友不是好玩的事情。”男孩温顺地点头，接着抖。他发现，表哥的看法和母亲竟是如此相似。

麦克风开始调音，产生一些干扰音，哀乐又响了起来。哀乐响得比此前任何一次更肃穆，追悼会进入倒计时，人群开始涌动，慢慢排出了队形。铁匠将蒋纵拽起来，尽量往队伍前面排。他发现蒋纵身子很沉，所有重量都压在自己手臂。即使这样，铁匠仍然拽着他走，挤开几个人，站到第二排。第一排是校领导若干，铁匠看见其中一个拿着讲话稿。蒋纵想挣脱，铁匠稍一用力，他就不能动弹了。

老徐主持追悼会，上台简短发言，请聂校长上台致追悼词。拿着讲稿的男人走前几步一百八十度地转身。有人第一时间鼓掌。“……今天我们聚在一起，是为了悼念一位匆匆离开我们的花季少女。斯人已去，音容宛在，而一切却在瞬间成为追忆。命运无常，造化弄人，天妒英才，亲人、朋友、老师、同学，无不惋惜刘婉玲同学的意外离去。因为她的离去，她如苞待放的生命永远定格在十八岁。因为她匆匆的离去，此刻我们得以紧紧联系在一起。在我们记忆中，她永远是那个淳朴善良、奉公守法、宽以待人、严于律己的青春美少女。在有生之年，她时时处处发挥着模范带头作用，让接触过她的人永远难以忘怀，也永远难以释怀。刘婉玲同学 1988 年 10 月 15 日出生于朗山县一个普通的私营业主家庭。从读幼儿园起，她就是老师交口称赞、赞不绝口的好孩子……”

铁匠听得很认真，他觉得校长嘴里的成语比刘婉玲更多，简直可以像糖葫芦一样串起来。名师出高徒！这时候，旁边有人讲小话。铁匠发现自己的手松动了，扭头一看，蒋纵不知什么时候溜了。铁匠狠狠地睃了旁边讲小话的男孩一眼，那家伙赶紧闭了嘴。

领导还在滔滔不绝，赞颂美好品质的成语从他嘴里接二连三蹦跶出来。

铁匠心里说，刘婉玲啊刘婉玲，就算是为了气我，你看你，都找了个什么样的男朋友。

## *朋友，今天你断臂了吗*

刘婉玲死了，葬礼也已结束。铁匠提醒自己，何必那么矫情，我和这妹子的感情到底有多深？我对她的思念，是不是带有某种夸张的成分？冷静下来，他清楚知道，自己和刘婉玲从来都不可能长久。他迷恋她的肉体和年龄，但两人相处过程中，他也结结实实倒吸了几口凉气。

刘婉玲何尝不是这样？她年纪不大，骨子里渗透着一层冷静。在一起时，铁匠本想装得满不在乎，却难免像电影里那些情人一样，某些情境中，死活都要掏出些甜言蜜语灌她耳朵。刘婉玲并不配合，她仿佛只肯配合他的抚摩。“讲那些鬼话都是不要钱的，”她嘴角会微微翘起，一针见血地说，“你要控制情绪，别以为真的爱上我了哦。你只是还没有玩够而已。”

至于那个男孩，他相信很快就会忘记。

一天傍晚那男孩又来了，还带了一帮同学来铁匠的台球场。当时是雷妹守场子，她准备在粉板上记时间，蒋纵走过去问她：“伍老板在吗？”雷妹发个短信把铁匠叫下来。蒋纵腼腆，甚至有些卑怯地看着铁匠，眼里是有所求的神情。雷妹指了指占据着里面两张球台打球的五六个男孩，告诉铁匠，都是这个男孩带来的同学。铁匠跟雷妹说那两张台都不要算钱，打多长时间都没关系。说罢还大手一挥，仿佛说“就这么定了”。

一帮男孩打到晚上十点多，铁匠关门时，请这帮男孩去旁边店子涮火锅，他们也不客气。男孩们不涮小菜，大碗吃肉，铁匠提议喝白酒，他们也干。

“……大哥，你是不是也是金盆洗手才在这里搞台球桌？”

“哦？为什么？”

“蒋纵都跟我们讲过啦，你以前在广东砍人很行。还有个马子……不，是嫂子，替你挡刀死掉的。你们很恩爱，生离死别，有没有？”

铁匠看看蒋纵，他勾着脑袋。铁匠没想到那些话都被他听进去了，还炫耀似的讲给别的男孩听。他微微一笑，只好说：“都是过去的事了。”

“大哥，要是你东山再起，我们跟着你混，你不嫌弃吧？”胖子一开口就说了这么一句，脸上是一副不怕挨打的表情。

“呃，我平易近人，谁都收。”铁匠忽然有些开心，旋即又想，养一帮蒋纵这样的小孩当小弟，能有什么用？他们娇生惯养到这么大，难道可以一人发一把刀去砸场子抢地盘？

另一个小个子男孩冷不丁冒出一句：“老大你很有钱吧？”铁匠只得苦笑，这帮小孩竟然还将自己当成有钱人看。胖子进入角色快，照着小个子脑袋敲了一丁公，呵斥他说：“这个是你问的？不该问的就不要问。”

铁匠看看对面的蒋纵，这一场夜宴似乎搞得他很有面子。蒋纵眼光偶尔瞟向铁匠时，充满了感激。铁匠忽然觉得，这男孩竟似有些妩媚。……妩媚，这个词安置在他身上合适么？铁匠搞不清楚，却被这一发现呛上一口。

那天蒋纵问铁匠要了手机号。他还不知道表哥的电话号码，心里有些过意不去。铁匠略微一想，流利地报出一串数字。蒋纵一边摁键，一边觉得有些熟悉，打过去却是空号。他问“你是不是记错了。”“呃，好像是。”铁匠拍拍脑袋，又报了另一个号码。先前那个，其实是刘婉玲的号码，铁匠没想到自己记得这么牢。蒋纵拨了出来，铁匠身上有个地方就冒出铃声。蒋纵说：“我叫蒋纵，蒋介石的蒋，纵容的纵。”铁匠佯装记下来，其实是删除电话记录。稍微经历些交际的人都学会了这一手，初见面留个号码，是为客套；转身一走就删掉，是为成熟。

蒋纵却是认真的，转天就给铁匠发来短信。铁匠知道是那个小孩发来的，懒得回。他想，这男孩竟有些黏人。刘婉玲黏起人来，像一只小猫，这小男孩黏人像什么？一条鼻涕虫！

有一天下午，铁匠忽然想找个人聊天，于是，他把电话打给了蒋纵。不管怎么说，蒋纵都与刘婉玲关系甚微。他打电话时，心里有种促狭的心情，他想，你不是刘婉玲的男朋友嘛，我正好借着你想起她来。面对那小男孩，铁匠知道自己可以随意说些什么，甚至任意干些什么。当然，他的性取向分明，任意干什么倒是不至于。

蒋纵一喊就到，即使翘课也不憷，即使闭校也敢翻墙。那么大一个校园，围墙上少不了被弄开几个窟窿，关不住这些溜滑的小孩。铁匠开车带他去到郊野，也就是以前和刘婉玲去过的地方。

“……我以前喜欢乱扯，我说是在广东，但也说不定，我的女朋友就在你们学校，是你的同学。说不定，你也认识。”逼仄的车内，铁匠冲蒋纵和蔼地笑笑。

“呃，是嘛。”

“她有很多男孩追，她跟我说过，每天都会收到不少短信。还有的拦在路边和她交朋友，她理都不理。她胸脯很大，特别大。这一点迷死了不少人。”铁匠瞟一眼男孩，又沉浸地说，“爱情，其实都是扯淡，男的找女的，女的勾引男的，其实都跟动物差不多。女人有没有胸脯，很重要，平胸的女人容易让男人当成球踢，球胸的女人让男人当成宝供。难道不是这样？我女朋友胸大，因为这个，她每天都收到大量垃圾短信。有一天我和她吵了架，她说要另外找个人气我，没想到找来一个小孩。我那女朋友，脑袋不蛮想事。”

铁匠看看男孩，男孩看着窗外。铁匠有些索然无味。他记得，刘婉玲喜欢在草丛中疯跑。

“……你，下车，到那边跑两圈。”他随意指了一处较平坦的地方，又说，“记住，要显出很快活的样子。”

铁匠递给蒋纵一张绿钱，蒋纵接过去，按他说的做了，相当地自然。铁匠本以为蒋纵会稍稍地犹豫。在草丛里跑一跑就能赚钱，蒋纵心情本来就快活，根本用不着装。他甚至踩出了几个跑跳步。

那以后，铁匠又把男孩蒋纵叫出来几次。蒋纵确实有助于铁匠想起刘婉玲，铁匠的目的轻易就达到，但多有几次，铁匠就感到没劲了。这男孩总是太配合，当铁匠想恶狠狠地挑明女朋友是谁，蒋纵总是闪避，不接铁匠的话茬，除非铁匠直接说出那个名字。蒋纵善于装得一切事情都和自己毫无关系。铁匠到底不好意思直接点破，他甚至有点佩服这男孩，看似低眉顺眼，其实却有一种干练。

这种猫捉老鼠的游戏，玩来玩去，猫倒像是被老鼠耍了。有时，铁匠想打电话给蒋纵，拿出电话又懒得拨号。他奇怪地想，没意思的事，我为什么要做？

蒋纵是隔了半月才意识到，表哥不想理睬自己。前一阵，他听课越来越听不进去，老是等着手机振动，一看是表哥打来的，就准备跟着他去哪里兜兜风。但现在，表哥不再回复他的短信。蒋纵鼓起勇气拨了电话过去……您好，您拨打的用户已停机，请查询后再拨，谢谢！此后几天，蒋纵又拨了几次，系统里女人的声音总是重复一样的话。

学校放风的时间，蒋纵出了校门走向对面台球场子，找不见表哥，只有那个吸烟的女人一直看守场子。

“……他在吗？”

“……出去了。有事吗？”吸烟的女人握着球杆，忙里偷闲睃他一眼。她眼光很锋利，盯着谁，就像要在谁脸上剜下一坨肉。蒋纵认定这个女人将表哥藏起来，即使这样又如何？他知道从她嘴里问不出想要的结果，更不能拿着一把枪顶着她额头，冲她说，“快把我表哥交出来！”那女人很壮，拿一把枪，也不定对付得了她。电影里都总是那么演，有枪的人总被赤手空拳的人打得屁滚尿流。

那一阵，蒋纵对课本和身边的同学不再有任何兴趣，吃饭没滋没味。休息时间，他总是龟缩在自己帐门里发呆。他看着光线穿进寝室，看着有些同学进来又出去，看着光线变暗，听着晚自习的铃声响起。

有时候他不去晚自习，第二天只说自己不舒服，别人一想他遭遇这么大的变故，也愿意理解。

蒋纵很少跟人说话，直到那天请客吃饭。

蒋纵以前从来不请客吃饭，因为没钱。母亲给他的钱没有同学拿到的多，母亲还提醒他，家里有特殊情况（父亲因练邪功妖法致残，单位不予报销医药费），不要和别的同学攀比。这次，蒋纵主动请客吃饭。他要让身边几个同学搞明白，只要手头有钱，他也不是悭吝货。钱都是表哥给的，表哥前后好几次给他钱，他小心翼翼地抹平，卷成一卷藏好。表哥给的票子都是五十以上，数一数已经有好几百，抵他两个月生活费。

吃饭时，叫了不少啤酒。蒋纵不常喝酒，喝了两瓶啤酒，当场就哭了起来。他想把声音憋住，憋了数秒，哭声变得更大。

“怎么了？又想起你家刘婉玲了？”

“不是！”蒋纵又喝下满满一杯啤酒清清嗓子，告诉别人，是因为表哥不理他了。说完这话，蒋纵头皮就发紧，以为同学们会一阵嘲笑。但这些同学吃饭喝酒有了经验，酒一喝多有人说胡话，见多不怪。没人笑话，胖子还拍着他的背，让他慢慢喝。别的人摆出愿闻其详的表情。蒋纵说得磕磕巴巴，他和表哥的事情也毫无戏剧性的冲突，再下一把盐仍是淡味，别人却还听得认真。说话的时候，蒋纵又喝了一瓶多。接下来别的人七嘴八舌说了好多，他扯着耳朵听得发蒙。

“还不明白？”胖子说，“你表哥是喜欢你啦，他想泡你，说不定是包养你，但你这家伙不开窍。”

这话一说出口，震动不小，有些同学脸上旋即摆出恶心状，有些同学不以为然，说不就是“断臂”么？

小个子说：“要有人包养我，我什么都由他。”

小个子说完，引发一阵唠声和哄笑声，气氛越发地热烈。这是个新鲜的话题，酒桌上的气氛至此掀起了高潮。

蒋纵实在喝不得酒，听着听着脑子就一片模糊，是同学把他架回寝室的。半夜醒来，他发现床头多了一个笔记本。他依稀记得，有同学说笔记本里荡了不少国外的电影，包括《断背山》。他听人说起过这片子，两个男人闲得无聊搞爱情，竟然还感动不少人。黑暗中，他坐起来看。除了《断背山》，笔记本里还有别的电影，大都是男人喜欢男人，女人喜欢女人，诸如此类。

第二天上课的时候，蒋纵拧开手机，有谁发来一条短信：朋友，今天你断臂了吗？他扭头一看，昨天一起喝酒的几个同学都盯着他，含义晦涩地笑着。这像是一句日常的问候语，其句式模仿学校一堵墙上刷的那行巨大的美术字，“朋友，今天你计划生育了吗？”

蒋纵想了想电影中的镜头，又犯了一阵恶心。接着他想起表哥，忽然明白，自己确实不开窍……其实，只要开了窍，只消掌握一点点技巧，男人也能让男人开心起来。

*谁爱谁是狗日的*

铁匠换了手机号，喜欢在自己房间里睡觉，越睡越嗜睡。他现在很少打球，经常独自兜风，也是把开车技术进一步提高，以便去广东开出租。当然，这一系列改变，还有一个隐约的目的，就是避免那男孩的纠缠。他想，我一百一百地掏钱给他，还不如去找个女人开心。但他也没有花钱找女人的习惯，只要他愿意，会有妹子钻进他车里。

女人他也懒得找，场子大都由雷妹看守着。这也是个过渡，他想，哪天自己要走，再跟雷妹打个招呼，雷妹顺其自然就会接下这个台球场。这一段时间，铁匠也有了过渡期的心情，等待着去往新的地方，展开新的生活方式。但他心里时不时又犹豫了，广东、深圳或是香港，还是刘德华电影里的状况么？去那边跑出租，又比在这里坐地收租好到哪去？有时候，他看见雷妹没心没肺捅着台球的样子，竟然意识到，她可能真适合当我老婆！但这话已经说不出口，他知道这只是刹那间无聊的想法。人总会产生很多无聊想法，即生即灭，生活因而得以保持常态。

有天他兜风回来，走过台球场子想往楼上去，看见一个女人和一个男人在最里面那张台子上打球。女人的面目看着有一种说不出的熟悉，他想起了刘婉玲。他不知道这女人正是刘婉玲的姐姐，她已经调进中等师范学校任教。女人打得还不错，但动作很夸张，时不时爬上桌子，瞄半天捅一杆，进了就娇哼一声。陪着她的那男人却是生手，不但捅不进球，还经常滑杆。他技术不行就想用力气弥补，咬牙切齿炸一杆，心想着撞着几颗是几颗，那白球变成一只无头苍蝇，漫无目标地乱撞。

女人越看越像刘婉玲，简直就是刘婉玲……这不是鬼片，人鬼情未了的事也落不到自己头上！仔细一看，还是有区分的地方，眼前这女人胸脯是符合中国国情的 A 罩杯。再者，这女人成熟得多，眉眼里蓄满和男人厮磨过的痕迹。

即使心里明白，铁匠仍是不由自主走向那张球台。他冲女人说："喏，我跟你打一盘，怎么样？"

女人当然打不过铁匠，一上后，就成了铁匠的个人表演时间。铁匠一杆捅进几颗球，她兴奋地怪叫着。她一惊一炸的神情，令铁匠进一步想起了刘婉玲，他相信这个女人与刘婉玲必然有什么联系。和女人同来的那男人此时有些紧张，警惕地盯着铁匠。他看铁匠面熟，铁匠也觉得这男人在哪里见过……好像也是那所学校里的老师。接着，两人同时想到刘婉玲的葬礼。

男人就是老徐，刘婉玲的姐姐一调进来，他就认定这是缘分。学校并不是清静地，在个人问题上也存在僧多粥少的局面，来个美女同事，会被很多光棍馋在眼里，念在嘴里，想在心里。老徐丝毫不敢怠慢，对这妹子发起猛攻。情书太长，也老气；短信又太短，太常见。老徐采用的是鲜花攻势，找着机会和这女人面谈。他小小的职位，在竞争中也产生了一定优势。别的男人想找这妹子面谈，妹子可以不搭理，而他作为教导主任约她谈话，她不好拒绝。他自己都觉得，那一把把鲜花有如豺狗子撒尿圈占地盘的行为，提醒着一起打这妹子主意的男同事们：这个妹子，我来泡！

两人接触不久，妹子的母亲立即表示同意，还夸女儿眼光不错。在刘婉玲葬礼上，老徐给她留下不错的印象。老徐没想到，当初应付差事接待学生家属，却赢得准丈母娘的信任。

此时，老徐分明觉察到，这长着瓦刀脸的男人一盯上自己女友，空气中就弥漫着来者不善的气息。他打光棍打到这年龄，晓得不能懈怠，要严防死守。除了老徐，雷妹也一直盯着这边。她知道铁匠不会轻易对一个女人表现出兴趣。这天天气异常燥热。

被几双眼睛死死盯着，铁匠挥杆都不自在，打完两盘，他就不玩了。他放下杆，正要往楼上去，那男孩从什么地方冷不丁地冒出来，冲他喊：“表哥！”

“是你啊，好久不见你了。”

“嗯！”蒋纵脸上有了喜悦的表情。他跟在铁匠身后走，对老徐和刘婉玲的姐姐熟视无睹。

铁匠转身上楼，蒋纵也跟了上去，仿佛两人本来就生活在一起。铁匠有些无奈，懒得理会这男孩。男孩就这么站着，神情腼腆、卑怯，目光中却混杂着不屈不挠。天气已经热得发烫，男孩短衣短裤。看着他伶仃的身材，铁匠心想这十来岁的小孩，倒是有些男女莫辨。这时，他又想起刘婉玲还有一套衣服落在自己这里。那是她夏天穿的薄衣服，寒假某个晚上穿出来，是当成情趣内衣用。

铁匠把衣服找出来，递给那个男孩。“穿上！”他想，要是他不肯穿，就叫他滚。他没这么多闲心和这男孩泡在一起。

蒋纵稍一迟疑，就把自己外衣外裤脱下来，只穿个裤衩，瘦骨嶙峋。刘婉玲留下的那件白色无领绉纱上衣，男孩穿起来还有些松垮，特别是胸口那部分。稍后，蒋纵把短裙也穿上，两条腿竟意外地修长。他穿好以后，慢慢地转过身来面对铁匠。他就这么一目了然地展示在他眼前。

铁匠看了一会，想从男孩身上找出刘婉玲的影子，却落了空。男孩的确还处在中性期，但离刘婉玲有些遥远。再说，铁匠从蒋纵身上看出些清纯的东西，这也妨碍着他想起刘婉玲。这他妈是怎么了？铁匠暗自嘀咕，只打量了约莫半分钟，就冲蒋纵说："呃，你换你自己的衣服，可以走了。"

他打定主意不给他钱。有时候，钱会给人招惹无尽的麻烦；有时候，穷人被人当成有钱人搞，更是烦恼无边。

这男孩蒋纵忽然不太顺从，没有脱掉女人的衣服。他表情僵硬，朝铁匠走近几步，贴着铁匠的脸小声说了一句话。

"什么？"有时候，听得太清晰的话，反而让人怀疑是真的。铁匠不敢相信这男孩会这么直白。于是，蒋纵靠他更近，一只手扶在他肩头，咬着他耳朵又重复了一遍，字字清晰，千真万确。

"……不，不要！"铁匠结结实实地吓了一跳，把男孩的手从自己肩头拿开，就像是扔掉一条蛇。他说，"我不要，你赶紧走，不要再来我这里。"

蒋纵眼神变得迷惑，他不知道这么强悍有力的表哥，怎么会吓成这个样。他想了想，鼓起勇气问他："你……你不是喜欢我么？他们都说你爱……”

“不，不喜欢。谁喜欢你谁是狗日的。”铁匠实在搞不明白，自己的促狭心思，在蒋纵那里怎么就当成了喜欢，还当成了爱。看这男孩那一脸表情，你敢爱他就敢回应，竟是毫不含糊。铁匠又想，当初，刘婉玲身上要是有这股子邪劲，我怕是要为她肝脑涂地……怎么还想这些没用的？铁匠不得不抬高声音，声音却有些抖。他感觉自己像共产党就义时喊口号，冲男孩说：“谁爱谁是狗日的。”

蒋纵表情一下子松懈了，待了一会，便窸窸窣窣换回自己的衣服，最后看了一眼铁匠。铁匠把目光搁在蒋纵目光触不到的地方。蒋纵疑惑重重地走下楼梯，看看雷妹。雷妹拄着杆看他，仿佛是铁匠请来的一尊门神。

铁匠看着男孩干瘦的背影，慢悠悠吐了口浊气。他在心里暗骂，铁匠鳖，一玩真格的你就尿了吧？妈的，那些低眉顺眼、不吭不哧的家伙，搞不好却是一条好汉。

图书在版编目（CIP）数据

一天 / 田耳著. — 北京 : 北京十月文艺出版社，
2018.8
ISBN 978-7-5302-1817-4

Ⅰ. ①一… Ⅱ. ①田… Ⅲ. ①中篇小说—小说集—中
国—当代 Ⅳ. ①I247.5

中国版本图书馆 CIP 数据核字（2018）第 080977 号

一天
YITIAN
田耳 著

出 版 北京出版集团公司
北京十月文艺出版社
地 址 北京北三环中路 6 号
邮 编 100120
网 址 www.bph.com.cn
发 行 新经典发行有限公司
电话（010）68423599
经 销 新华书店
印 刷 北京盛通印刷股份有限公司
版 次 2018 年 8 月第 1 版
2018 年 8 月第 1 次印刷
开 本 880 毫米 ×1230 毫米 1/32
印 张 7.25
字 数 150 千字
书 号 ISBN 978-7-5302-1817-4
定 价 38.00 元
质量监督电话 010-58572393
如有印装质量问题，由本社负责调换。